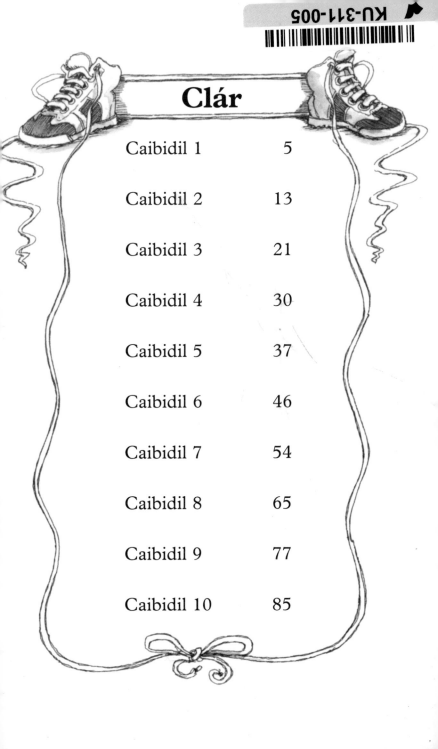

Clár

Caibidil 1

An Múinteoir agus an plean mire a bhí aici a chuir tús leis an rud ar fad. Rinne sí an namhaid is measa den chara is fearr a bhí agam. Sin, agus an cailín nua sin Úna Ní Néill.

Bhí mise agus Seosamh ag siúl abhaile ón scoil, ag caint ar an smaoineamh is déanaí a bhí ag an Mhúinteoir. Ba mhaith léi cuidiú le páistí ar chaill a muintir a dtithe nuair a bhí tuile ann. Bhí an smaoineamh iontach seo aici faoi shiúlóid urraithe nó 'siúlatón' mar a thug sí air.

"Ach tá fuath agam ar an siúl," arsa Seosamh go caointeach.

"Nár mhaith leat cuidiú leis na páistí sin?" a d'fhiafraigh mise.

"Ba mhaith. Ach níl mé ag iarraidh cuidiú le Treasa Ní Choinn. Tá sise iontach aisteach."

Bhí an ceart aige. Tá Treasa cineál corr. Níl a fhios agam cad chuige ach bíonn sí i gcónaí ag stánadh ar rudaí ar chúis éigin. Agus is í an chéad duine i gcónaí í a chuireann a lámh in airde nuair a bhíonn cuidiú de dhíth ar an Mhúinteoir.

5

"Níl sí ag iarraidh orainn cuidiú linn féin," a mhínigh mise. "Na páistí a bhí sa tuile a raibh siad ag caint orthu ar an nuacht." Bhí mé ag ciceáil cloch bheag síos an cosán. "Ar scor ar bith, níor mhaith linn go mbeadh an bua ag Rang 7C."

Tháinig cuma ghruama ar Sheosamh. "Bainfidh siadsan cibé."

Bhí an ceart aige. Bhí a fhios agam go raibh an ceart aige. Bhí a fhios ag an saol mór go mbaineann 7C gach rud i gcónaí. Bailíonn 7C níos mó airgid ná rang ar bith eile nuair a dhéanann an scoil stuif mar seo. Ach níor chóir dóchas a chailleadh. Bainfimidne lá éigin.

"Cá mhéad páiste a bhí sa tuile sin?" arsa Seosamh.

"Níl a fhios agam."

"Cad é mar a bheidh a fhios againn, mar sin de, cá fhad atá le siúl againn, mura bhfuil a fhios againn cá mhéad páiste atá le sábháil againn?"

Smaoiníonn Seosamh ar rudaí mar sin i gcónaí. Tá sé iontach cliste, iontach maith ag an mhata agus ar an ríomhaire. Tá sé ag dul a bheith ina aireagóir nuair a fhásfaidh sé aníos. An mhí seo a chuaigh thart, rinne sé scriostóir cannaí alúmanaim. Nuair a bhain sé triail as ar charn cannaí folmha, thit an scriostóir ar a

chos. B'éigean dó dul chuig an otharlann agus rinneadh x-ghathú air. Ní raibh rud ar bith briste ach bhí dath corcra ar an chos. Cé gur Seosamh an cara is fearr agam, caithfidh mé a rá go bhfuil sé gan úsáid ag an spórt.

Leadóg thábla an t-ábhar scoile is fearr liomsa. Deir an Múinteoir nach ábhar scoile atá inti. Léitheoireacht, Scríbhneoireacht, Mata, sin na hábhair scoile, dar leis an Mhúinteoir. Ach níl mé rómhaith acu sin. I ndiaidh leadóg thábla, is é an dara rud a bhfuil mé go maith aige ag déanamh aithrise ar ainmhithe. Uair amháin bhí mé ag cur i gcéill gur madadh mé agus shíl an Múinteoir go raibh madadh fíor sa rang. B'éigean dom fanacht sa seomra ag am lóin agus dóigh a chur ar an leabharlann.

"Níl a fhios agam cén dóigh a gcuidíonn siúlóid le duine ar bith. Gheobhaidh mise bás á dhéanamh," arsa Seosamh. "Bliain déag d'aois. Ró-óg le bás a fháil!"

Tá mé féin agus Seosamh ar comhaois. Tháinig seisean a chónaí anseo dhá bhliain ó shin agus táimid inár gcairde móra ó shin. Ansin, fuair muid amach go raibh an lá breithe céanna againn – an t-ochtú lá de Dheireadh Fómhair. Shíl mé ar dtús gur cúpla muid agus gur sin an fáth a bhfuilimid maith ag rudaí difriúla. Tá an chuid chliste de m'inchinn aigesean agus tá an chuid spórtúil d'inchinn Sheosaimh agamsa.

Ach chuir Mamaí stop leis an smaoineamh sin. Dúirt sí liom nach raibh ach leanbh amháin ann nuair a rugadh mé – gan amhras ar bith.

"Siúlatón. Beidh sé sin meigea-leadránach," arsa Seosamh.

Ansin, tháinig smaoineamh iontach chugam, "Cad chuige nach ligeann tú don scriostóir cannaí titim ar do chos arís? Ansin, ní thiocfadh leat dul ar an tsiúlóid. Dá mbeadh do ladhracha briste."

"Ní thig liom. Chuir mo dhaidí faoi ghlas é. Agus chuir sé a chuid uirlisí faoi ghlas fosta."

"Cad é mar a thig leat bheith i d'aireagóir anois?"

Chroith Seosamh a ghuaillí. "B'fhéidir go ligfeadh an Múinteoir dom an t-airgead a chuntas. Bíonn duine i gcónaí de dhíth leis an airgead a chuntas."

"An síleann tú go dtabharfaidh sí an post sin duit?"

"B'fhéidir," ar seisean.

Níor mhaith liom a rá ach níor shíl mé go raibh mórán de sheans ag Seosamh. Is maith leis an Mhúinteoir í féin rudaí mar sin a dhéanamh.

"B'fhéidir," arsa mise go hamhrasach.

Is duine mór í an Múinteoir a bhfuil gruaig ghairid uirthi agus beola beaga aici.

An chuid is mó den am, bíonn sí go breá ach nuair a bhíonn fearg uirthi bíonn sí ar crith mar a bheadh bolcán réidh le pléascadh ann.

Lig Seosamh osna. "Tá sé amaideach! Beidh orainn an bealach uilig a shiúl míle uair le 7C a bhualadh."

"Tá a fhios agam."

Shiúil muid linn suas Sráid an Lagáin. Ag ceann na sráide tá an t-ollmhargadh. Oibríonn Mamaí agus Daidí ansin. Arsa mise le Seosamh, "An bhfuil guma coganta de dhíth ort?"

Tháinig cuma shásta ar Sheosamh den chéad uair le tamall. "Tá, cinnte."

Isteach san ollmhargadh linn. Chuaigh mé caol díreach chuig seilf na milseán agus thóg mé dhá phaicéad de ghuma glas.

An cineál a phléascann nuair a chognaíonn tú é.

Chuaigh mé suas a fhad le Daidí. Bhí sé ag obair ar an scipéad airgid sa lána 'deich nó níos lú'. Bíonn na mná sa siopa i gcónaí ag magadh faoi. An t-aon fhear amháin ag an scipéad. Is cuma le Daidí. Deir sé gur seo an post is fearr dá raibh riamh aige. Fuair Mamaí an post dó. Duine de na bainisteoirí í Mamaí.

"Bhuel, a ghasúraí," arsa Daidí go gealgháireach.

"Hé, a Dhaidí. Caithfimid siúl mór fada a dhéanamh," arsa mise leis, ag tabhairt an ghuma dó.

Chuardaigh Daidí airgead ina phóca.

"A Mháirtín, seo an guma deireanach an tseachtain seo."

Chlaon mé mo cheann. Ba chuma liom. Deir sé an rud céanna gach seachtain.

"Ní bheidh tú ag iarraidh dul a shiúl deireadh na seachtaine seo," arsa Daidí. "Tá Máire ag teacht anall."

"An bhfuil? Cá huair? Anocht? Cad chuige?"

"Fan go fóill," arsa Daidí, ag gáire.

Is í Máire mo leathdheirfiúr. Tá sí i ndiaidh bheith ar shiúl le tamall fada. Seachtainí fada. Ag obair i bhforaois. Ní chónaíonn sí linne. Tá sí i bhfad níos sine ná mé.

"B'fhearr liomsa dul a scimeáil," arsa Seosamh, "ná ag siúl."

Ní raibh a fhios ag Daidí cad é a bhí i gceist aige. "Ag scimeáil? Tá sé rófhuar."

"Ní san fharraige, a Dhaidí. Ar an ríomhaire atá i gceist aige. Dá mbeadh ríomhaire aige."

Díreach ansin, tháinig custaiméir an bealach. Chuir sí a ciseán plaisteach ar an urlár agus thosaigh sí a bhaint earraí amach as.

Chaoch Daidí súil liom agus ar seisean, "Cad é seo uilig faoin tsiúlóid?"

"Smaoineamh an Mhúinteora atá ann..." arsa Seosamh.

"Bhris mise isteach. "Caithfidh an scoil iomlán a dhéanamh."

Rinne an custaiméir casacht bheag.

"Inis dom faoi anocht," arsa Daidí agus é ag cur mála ríse thar an scanóir. Blíp.

Chuir muid an guma inár mbéal agus thosaigh muid á chogaint. Bhí sé ag pléascadh agus muid ag siúl amach ar an doras.

Caibidil 2

Rugadh mo dheirfiúr mhór, Máire, sna seanlaethanta nuair a bhí mo mhamaí pósta ar Shéimí. Tá Máire ocht mbliana déag d'aois. Ní hé Séimí m'athair. An fear a oibríonn san ollmhargadh, sin m'athair. Tá deirfiúr eile agam. Gearóidín atá uirthi. Ach 'Gearr-ghairid' a thugaimse uirthi. Tá sí naoi mí d'aois.

Téann Gearr-ghairid chuig an ollmhargadh gach lá le Mamaí agus Daidí. Fanann sí sa chreis.

Ag caint ar áit challánach! Tá a oiread sin páistí ann – níos mó ná a bhfuil de phónairí i gcanna. Déanaim mo dhícheall gan dul isteach ansin. Barraíocht páistí ag rith thart. Smaoineamh Mhamaí a bhí ann creis a bheith san áit.

I ndiaidh dinnéir an oíche sin, d'inis mé do Mhamaí faoin siúlatón.

"Bheadh sé sin go hiontach," ar sise go díograiseach.

Bíonn Mamaí i gcónaí díograiseach faoi rudaí mar sin.

Uair amháin, thug sí mé ag máirseáil síos an phríomhshráid le cuid mhór daoine eile. (Bhí mé iontach beag san am ach is cuimhin liom go fóill é.)

Bhí suim mhór aici i scoileanna tuaithe a shábháil. Níl a fhios agam ar shábháil sí mórán. Ó shin, bhí suim mhór aici i bhfeithidí agus crainn a shábháil. Agus anois, tuismitheoirí a shábháil.

"Beidh an siúlatón ar Chnoc na Giúise," arsa mé le mo mháthair. Deir gach duine gur marfóir de chnoc é Cnoc na Giúise. Fiú mo dheirfiúr Máire. Agus dá mbeadh aithne agat ar Mháire bheadh a fhios agat nach ag magadh a bhí sí. Tá a croí istigh sa spórt. Tá sí go hiontach ag gach cineál spóirt. Tá matáin aici gach áit.

Chlaon Mamaí a ceann ach ní raibh sí ag éisteacht dáiríre. Bhí sí ag smaoineamh ar a cuid cúiseanna. Tá Mamaí iontach dóighiúil. Tá gruaig ghalánta chatach uirthi. Oráiste an dath atá ar an ghruaig. Dath nádúrtha atá cosúil le horáiste. Nuair a bhogann sí a ceann bíonn a cuid gruaige ag preabadh suas is anuas. Is maith liom sin. An t-aon rud amháin atá aisteach fúithi, a cuid fiacla. Nuair a bhí sí sé bliana déag thit sí de rothar. Tá fiacla bréige aici ó shin.

Tháinig Daidí isteach sa chistin agus

Gearr-ghairid ina suí ar a ghuaillí ag gáire. "Inis dom faoin siúlatón, a Mháirtín."

"Ar Chnoc na Giúise a bheidh sé. Faigheann tú airgead as an fhad a shiúlann tú."

Rinne Gearr-ghairid brúcht.

"Cá'l an t-airgead ag dul?" arsa Daidí.

"Deir an Múinteoir go gcuideoidh sé leis na daoine a bhí sa tuile. Ceannóimid éadaí nua agus bréagáin do na páistí. Deir Seosamh nach siúlfaidh sé fad a choise má tá cuid ar bith den airgead ag dul a chuidiú le Treasa Ní Choinn. Síleann sé go bhfuil sí iontach aisteach. Tá an ceart aige. Ach dúirt mé le Seosamh nach raibh baint ar bith ag Treasa leis an siúlatón. Baineann sé le páistí eile ar fad. Dúirt sé go raibh cuma leadránach ar an tsiúlóid seo uilig ach d'inis mé dó ..."

Chuir Mamaí stop le mo chuid glagaireachta. "Cé atá ag urrú an tsiúlatóin?" a d'fhiafraigh sí, ag tógáil a cinn ó charn oibre a thug sí abhaile.

Chroith mé mo ghuaillí.

"Níl cuma ró-eagraithe air," ar sise agus loinnir ina súile.

Aithním an loinnir sin. Aithníonn Daidí an loinnir sin.

"A Laoise, tá do sháith le déanamh agat," arsa Daidí.

Rug Gearr-ghairid greim ar ghruaig Dhaidí agus tharraing go crua í.

"ÁÁ-ÚÚ!" arsa Daidí, á tógáil óna ghuaillí agus á cur ar an urlár.

Rinne Gearr-ghairid gáire agus bhog sí ar a tóin anonn go dtí an bosca bruscair agus thosaigh sí a bhualadh an chláir.

Choinnigh mé orm ag caint. Tá mé breá cleachta le Gearr-ghairid ag cur isteach orm nuair a bhím ag caint. "Tá an scoil ar fad ag dul a dhéanamh. Beidh turas cois farraige mar dhuais ag an rang a bhailíonn an tsuim is mó airgid. Sin smaoineamh an Mhúinteora chomh maith."

"Turas," arsa Daidí, agus ansin, "d'aon turas," agus rinne sé gáire ar a ghreann féin.

"Níl sé greannmhar, a Dhaidí. Níor mhaith leatsa lá iomlán a chaitheamh ag siúl."

"Tabharfaidh mise urraíocht duit. Déanfaidh mé d'airgead póca a dhúbailt," ar seisean.

"Caithfidh tú íoc as gach ciliméadar," arsa mise leis.

Thosaigh mé a smaoineamh ar an mhionsamhail de spáslong a bhí de dhíth orm do mo lá breithe ach anois, bheadh airgead breise ag imeacht as an teach chuig páistí na tuile.

"Maith go leor," arsa Daidí. "Is mór an trua na páistí sin." Stad sé den chaint agus rith sé anonn chuig an bhosca bruscair, áit a raibh Gearr-ghairid ag caitheamh an bhruscair ar an urlár.

"B'fhéidir go mbeadh sé ag cur," arsa mise ag smaoineamh ar na dóigheanna uilig ar féidir an siúlatón a chur ar ceal.

"Bhuel, tá sé chomh maith agat éirí cleachta

le siúl san fhearthainn," arsa Mamaí agus í ag gáire.

Bhí an ceart aici. Nuair a bhíonn socrú déanta ag an Mhúinteoir, ní athróidh sí é.

Agus tá sí ar bís faoin siúlatón seo. Dá mbeadh tornádó ann lá an tsiúlatóin, bheadh sé le déanamh againn cibé.

"An síleann tú go mbeidh tú ábalta an tsiúlóid iomlán a dhéanamh?" arsa Daidí agus é ag caitheamh píosaí de dhinnéar na hoíche aréir isteach sa bhosca bruscair agus ag tógáil Gearrghairid san am céanna.

"Ní bheidh, má bhíonn na seanbhróga seanchaite sin orm," arsa mise, ag smaoineamh go tobann go dtiocfadh liom péire bróga spóirt a fháil as an trioblóid seo.

Rinne mo mhamaí neamhiontas den leid seo agam.

"Cá huair a bheidh sé seo *ar siúl*," arsa Mamaí agus í, cosúil le Daidí, ag gáire ar a greann féin.

"An Satharn seo chugainn."

Ansin, i dtobainne, tháinig smaoineamh ar dóigh chugam. Bhuel, smaoineamh ar dóigh a bheidh ann má fhaighimid níos mó airgid ná 7C.

"A Mhamaí," arsa mise go deas múinte.

"Sea, a thaisce."

Chuaigh crith tríd mo chorp. Tá fuath agam ar an fhocal sin 'taisce'. Ach ní seo an t-am ná an áit, go háirithe nuair atá plean ar dóigh agam.

"An síleann tú go dtabharfadh an t-ollmhargadh cúpla ríomhaire glúine don scoil?"

Tharraing Mamaí anáil isteach trína fiacla bréige. "Cad chuige?"

Mhínigh mé go cúramach. "Is fearr i bhfad cúpla ríomhaire glúine mar dhuais ná turas cois farraige."

Shuigh Mamaí siar ar a cathaoir agus ar sise. "Á, tuigim. Déanfaidh an t-ollmhargadh urraíocht ar an siúlatón."

Chlaon mé mo cheann. "Shiúlfadh Seosamh féin ar son cúpla ríomhaire glúine."

Tháinig loinnir iontach i súile Mhamaí. "Oll-Urraíocht don Oll-Siúl ón Oll-Mhargadh." Bhí a hintinn ag obair ar an smaoineamh cheana féin. "Mmm … is maith liom é. Poiblíocht mhaith don ollmhargadh agus don scoil."

"Ach," arsa mise, anois go raibh Mamaí ag smaoineamh air, "b'fhearr i bhfad cúpla ríomhaire glúine ina bhfuil 'ga gorm'. Is iad is fearr."

Mhínigh Seosamh dom cad chuige ar chóir 'ga gorm' a fháil agus níor thuig mé go rómhaith cad é a bhí ann, ach má bhí sé maith go leor do Sheosamh bhí sé maith go leor domsa. Tháinig cuma smaointeach ar Mhamaí. "Déanfaidh mé mo dhícheall. Smaoineamh maith atá ann, a Mháirtín."

Bhí aoibh an gháire orm. Má thig le Mamaí na ríomhairí a fháil ón ollmhargadh, agus 'ga gorm' iontu, siúlfaidh Seosamh chun na gealaí agus ar ais lena chinntiú gur rang s'againne a gheobhaidh iad agus ní 7C.

Chuaigh Mamaí ar ais a obair agus chuir Daidí Gearr-ghairid a luí. Rinne mise ceapaire dom féin agus bhí mé ag éisteacht le Daidí ag ceol le Gearr-ghairid. Níl ceol ar bith ag Daidí. Bhí sé cosúil le héisteacht le duine ag dul faoi scian gan ainéistéiseach.

Isteach liom i mo sheomra leapa agus dhruid mé an doras. Is trua nár smaoinigh an múinteoir ar mharatón leadóg thábla in áit maratón siúil. Is dócha go siúlfaidh 7C sa mhullach orainn!

Caibidil 3

Maidin lá arna mhárach, bhí cailín úr sa rang. Bhí sciathán an Mhúinteora thart ar ghualainn an chailín. Agus is í a bhí dóighiúil! Cad é sin? Cad é a chuir sin i mo cheann? Níl suim ar bith agam sna cailíní. Fiú cailíní dóighiúla, a bhfuil gruaig fhada dhubh orthu agus súile móra donna.

"Seo Úna Ní Néill," arsa an Múinteoir agus cuma iontach sásta uirthi. "Tá sí ag dul a bheith sa rang seo. Agus tá mé cinnte go ndéanfaimid uilig ár ndícheall fáilte a chur roimpi. Maith go leor? Anois, cé atá ag iarraidh Úna a bheith acu mar chomhpháirtí don lá inniu."

Ar ndóigh, chuir Treasa Ní Choinn a lámh in airde. An t-aon duine amháin. Cuireann sise a lámh in airde do gach rud.

"Go raibh míle maith agat, a Threasa."

D'éirigh Treasa agus rith sí a fhad le hÚna. Shílfeá gur madadh beag í Úna, an dóigh ar thug Treasa í chuig an chathaoir in aice léi. Shleamhnaigh mise síos go híseal i mo chathaoir.

Bhí náire an domhain orm ar son an ranga ar fad. D'amharc Seosamh orm agus chroith sé a cheann.

"Chonaic mé sin, a Sheosaimh," arsa an Múinteoir.

Nuair a bhí Treasa agus Úna socraithe, chuir an Múinteoir ceist orainn. "Cá mhéad agaibh a d'inis do bhur dtuismitheoirí faoin siúlatón?"

Chuir Treasa a lámh in airde.

"Duine ar bith eile?" a d'fhiafraigh an Múinteoir.

Chuir cúpla duine, thall is abhus, a lámh in airde go fadálach, mo lámhsa ina measc.

"Bhuel!" arsa an Múinteoir. "Is rud é seo don rang ar fad. Caithfimid iarracht níos fearr a dhéanamh nó ní shábhálfaimid cuileog."

Níl a fhios agam cad chuige a raibh muid ag iarraidh cuileog a shábháil ach sin agat an Múinteoir. Deir sí rudaí in amanna nach bhfuil baint dá laghad acu leis an rud a raibh muid ag caint air.

D'amharc an Múinteoir thart ar an seomra. "Cé atá ag iarraidh insint d'Úna faoin siúlatón?"

Sula raibh seans ag Treasa a lámh a ardú, arsa

an Múinteoir, "Duine éigin nach raibh a lámh in airde go fóill inniu."

Ní dheachaigh lámh ar bith in airde. D'amharc an Múinteoir ar Sheosamh. "A Sheosaimh, níor chuala muid focal uait le tamall fada. Inis d'Úna faoin siúlatón."

"Cuidigh liom, a Mháirtín," arsa Seosamh faoina anáil.

Ní dhearna mise rud ar bith.

"Cad é sin, a Sheosaimh? Labhair amach," arsa an Múinteoir. "Thiocfadh leat tiontú thart agus labhairt le hÚna in áit bheith ag monabhar mar sin."

Mhínigh Seosamh faoin siúlatón. Rinne Úna meangadh gáire agus ar sise, "Go raibh maith agat, a Sheosaimh."

Tháinig aoibh phléisiúrtha gháire ar Sheosamh agus thiontaigh sé thart arís.

Hé! Cad é seo? Ní raibh Seosamh cairdiúil le cailín riamh ina shaol nó ar a laghad ó chuir mise aithne air.

"Go maith," arsa an Múinteoir, agus shiúil sí chuig an chlár bhán. "Anois, sula dtosaímid ar na cártaí urraíochta, ba mhaith liom sibh smaoineamh ar cén comhpháirtí siúil a bheidh agaibh."

Seo an chéad rud a chuala muid faoi

chomhpháirtithe. Sílim go gcumann sí rialacha úra nuair a thagann siad isteach ina ceann.

Ar ndóigh, tá a fhios agamsa agus ag Seosamh cé na comhpháirtithe a bheidh againne.

"Beidh duais speisialta ann don bheirt is gasta siúl," arsa an Múinteoir.

Bhuel, sin mise agus Seosamh buailte. Is dócha go mbeimid ar deireadh.

Chuir Treasa a lámh in airde. "Cad é an duais speisialta, a Mhúinteoir?"

"Áá," arsa an Múinteoir, ag ísliú a gutha. "Is rún mór é."

Ciallaíonn sé sin nach bhfuil a fhios aici. Sin an guth a úsáideann sí i gcónaí nuair nach mbíonn socrú déanta aici go fóill.

Chaith muid an chuid eile den mhaidin ag déanamh ár gcuid cártaí urraíochta. Scríobh an Múinteoir na ceannteidil dúinn.

Ainm	Seoladh	Fad/KM
KM a Shiúil Mé		Iomlán

Faoin am a raibh mo chárta críochnaithe agam bhí cuma iontach néata air. Ag an bharr rinne mé pictiúr díom féin i mo shuí ag ceann an chosáin ag ithe ceapaire. Nuair a chonaic an

Múinteoir é dúirt sí go raibh cuma suí-síos-a-tón air.

Chuimil mé amach mo chosa agus rinne mé arís iad leis an chuma a chur orm féin go raibh mé i mo sheasamh.

Dúirt an Múinteoir le cuid mhór de na páistí a gcuid cártaí a dhéanamh arís. Bhí a oiread sin pictiúr orthu nach raibh spás ar bith fágtha d'ainmneacha daoine.

Nuair a bhí an sos ann bhí mé ag iarraidh insint do Sheosamh faoin phlean a bhí agam go dtabharfadh an t-ollmhargadh ríomhairí glúine don rang is fearr nuair a shiúil Treasa Ní Choinn agus an cailín nua thart.

Bhí Treasa ag míniú gach rud beag bídeach faoin scoil di ionann is gur páiste dhá bhliain d'aois í.

"Tá seomra na foirne agus an oifig thall ansin."

Agus iad ag dul thart linn, thiontaigh Úna chugainn agus aoibh mhór gháire uirthi.

"Agus thall ansin, tá an halla," arsa Treasa.

Go tobann, stad Úna. D'amharc sí ar Sheosamh agus ar sise, "Ar mhaith leat bheith mar chomhpháirtí siúil liomsa, a Sheosaimh?"

Bhí sé dochreidte. Ní raibh sí sa scoil ach dhá

bhomaite agus bhí sí ag caint le Seosamh ionann is gur cairde móra iad.

Agus an bhfuil a fhios agaibh cad é a rinne Seosamh? Chroith sé a ghuaillí ionann is a rá, "Smaoineoidh mé air." Ní dúirt sé, "Níor mhaith. Is é Máirtín mo chomhpháirtí siúil."

Agus, cibé, má bhí sí ag dul a iarraidh ar dhuine ar bith bheith léi, ba chóir di iarraidh ormsa. Tá mise i bhfad níos aclaí ná Seosamh. Leis an fhírinne a rá, tá gach duine níos aclaí ná Seosamh.

Ansin, leis an scéal a dhéanamh níos measa arsa Seosamh léi. "B'fhéidir."

CAD É? B'FHÉIDIR? Shíl mé go raibh tinneas éigin i ndiaidh teacht air. Dúirt mo mháthair liom an tseachtain seo a chuaigh thart go raibh an deilgneach ar chuid mhór páistí sa cheantar seo. B'fhéidir gur sin an rud atá cearr leis.

"An ghleacaíocht an spórt is fearr liom," arsa Úna. "An maith leatsa an ghleacaíocht, a Sheosaimh?"

"Is maith," ar seisean, agus chinntigh nach dtiocfadh leis mé a fheiceáil ag stánadh air.

Tá fuath ag Seosamh ar an ghleacaíocht.

D'oscail mé mo bhéal le rud éigin a rá ach bhí

Treasa ansin romham. "Tá mise go maith ag an rothchasadh," ar sise agus nuair nár scread Úna le háthas nuair a chuala sí an nuacht seo, chuir Treasa pus uirthi féin agus ar sise go brónach páistiúil, "Shíl mé go siúlfadh an bheirt againne le chéile."

Ach sular thug Úna freagra uirthi, tháinig grúpa páistí as 7C an bealach, a sciatháin ag luascadh agus a gcosa mar a bheadh rothaí ceangailte díobh.

"Amharc sin," arsa mise, "tá siad ag traenáil don siúlatón."

Ní raibh traenáil ar bith déanta ag duine ar bith sa rang s'againne. Agus is dócha nach mbeadh. Bhí mé buartha anois gur luaigh mé na ríomhairí sin le Mamaí. Bheadh sé chomh maith aici iad a thabhairt do 7C anois. B'fhéidir, dar liom, nach bhfuil sé rómhall stop a chur léi.

I ndiaidh do ghrúpa 7C siúl thart, fuair Treasa greim sciatháin ar Úna. "Siúil leat," ar sise. "Tá go leor rudaí eile ann le taispeáint duit." Agus d'imigh siad leo.

An chuid eile d'am sosa, níor luaigh mise ná Seosamh an rud a tharla le hÚna.

Ní raibh ciall ar bith leis ar scor ar bith. Nach cinnte gur Seosamh a bheadh mar chomhpháirtí agam don siúlatón. Is foireann muid. Agus, cibé, mura siúlfadh sé liomsa, bheadh air siúl leis féin. Agus bheadh sé sin níos measa ná croí mór isteach a fháil ón Mhúinteoir.

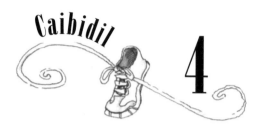

Caibidil 4

Bhí muid ag ithe dinnéir an oíche sin nuair a thug Mamaí an drochscéala dom. Bhí an t-ollmhargadh ag dul a thabhairt cúpla ríomhaire glúine don scoil. Chomh maith leis sin, is ríomhairí 'ga gorm' a bhí i gceist. Agus idirlíon gan sreanga. Agus bhí siad sásta íoc as an cheangal idirlín ar feadh bliana.

Agus mise a smaoinigh air!

Bhuel, dar liom, thig leis an rang s'againne slán a fhágáil ag na ríomhairí glúine. Bhí mí-ádh i gcónaí orainn. Anuraidh, nuair a bhí na comórtais snámha ann, bhí an chuma ar an scéal go raibh muid ag dul a bhaint rud éigin den chéad uair riamh ach tháinig ulpóg ar an snámhaí is fearr a bhí againn. Tomhais cé a bhain. Sin ceart. Rang 7C.

"Cad chuige a bhfuil tú faoi smúit?" a d'fhiafraigh Mamaí. "Shíl mé go mbeadh áthas ort. I ndiaidh an iomláin, do smaoineamh féin a bhí ann."

"Tá áthas orm, cinnte," arsa mise, ag iarraidh

cuma shásta a chur orm féin agus ag cur forc isteach i mo chuid pasta.

"Tá úinéir an ollmhargaidh sásta póstaeir a chur in airde," arsa Mamaí, "agus beidh taispeántas speisialta againn sa siopa agus …"

"Ach cad é faoi mo Mhúinteoir?" arsa mise, ag cuimhneamh nár dúradh rud ar bith léi faoin duais nua seo. "Tá sise ag caint ar thuras cois farraige go fóill."

"Ó, rinne mé dearmad de sin," arsa Mamaí agus í ag sú téad spaigití isteach.

Lig Gearr-ghairid scread aisti nuair a chaith sí liathróid feola óna pláta go dtí an t-urlár. Bhí mé féin ag iarraidh an rud céanna a dhéanamh.

"Thiocfadh leat glaoch uirthi anocht le hinsint di," arsa Mamaí ag brú a pláta uaithi.

Ní itheann Mamaí na béilí a dhéanann sí féin réidh. Ní nach ionadh. Níl sí rómhaith ag an chócaireacht. Is fearr i bhfad Daidí ag an chócaireacht ach bhí seisean ag obair go mall an oíche sin.

D'amharc mé go brónach ar na liathróidí feola a bhí fágtha ar mo phláta.

"Tá cuid mhór obair bhaile agam," arsa mise, ag iarraidh an chuma a chur orm féin go raibh mé ag dul a bheith i mo shuí go meán oíche. Níor mhaith liom glaoch ar mo Mhúinteoir.

"B'fhéidir go bhfuil sí ag socrú gach rud don turas cois farraige."

"Ní shílim é," arsa Mamaí. "Déan deifir leis an obair bhaile agus ansin scairt uirthi."

Faoin am seo bhí an chuid is mó de dhinnéar Ghearr-ghairid ar an urlár agus an chuma ar a cathaoir ard gur thit buama uirthi.

A leithéid de dhrochlá. Ón am ar tháinig an cailín nua sin isteach sa rang.

Bhí an Múinteoir iontach sásta nuair a d'inis mé di faoin ollmhargadh agus na ríomhairí glúine. Dúirt sí gur cuma faoin turas cois farraige agus go mbeadh sé sin ann go fóill mar dhuais bhreise.

"Gheobhaidh an rang a bhailíonn an tsuim is mó airgid na ríomhairí agus beidh turas cois farraige ag an rang a dhéanann an iarracht is mó," ar sise.

Nuair a chuala mé sin, thit mo chroí. Bhí a fhios agam cé a bhí ag dul a bhaint na ríomhairí.

Bhí mé ar tí an fón a thabhairt do mo mháthair

sa dóigh go dtiocfadh léi gach rud a mhíniú do mo Mhúinteoir nuair a buaileadh cnag ar an doras.

D'oscail mé é agus cé a bhí ina sheasamh romham ach Seosamh.

"Cad é mar atá tú?" ar seisean. "Ar mhaith leat traenáil a dhéanamh don siúlatón?"

Ní dhearna Seosamh lá traenála ina shaol riamh roimhe ach níor luaigh mé sin leis.

"A Mhamaí!" a scairt mé. "Tá mise ag dul amach ag siúl le Seosamh!"

"Dúirt tú go raibh cuid mhór obair bhaile agat." Chuir mé cuma leithscéalach orm féin.

"Maith go leor, leathuair," agus ansin go díreach nuair a shíl mé go raibh cuma níos fearr ag teacht ar an lá ar sise, "Ar mhiste leat Gearóidín a thabhairt leat?" Ar dóigh. Ciallaíonn sé sin go gcaithfidh mé fanacht ar an chosán os comhair an tí sa dóigh go dtig le Mamaí Gearr-ghairid a chluinstin má thosaíonn sí a chaoineadh.

Bhí mé ag iarraidh rudaí a réiteach idir mise agus Seosamh.

Bhí sé geal taobh amuigh cé go raibh sé leath i ndiaidh a seacht. Bhí an ghrian ag soilsiú. Is breá liom an t-am seo den lá ag tús an tsamhraidh. Shiúil muid síos cosán an tí. Bhí Gearr-ghairid

ag gúgáil agus ag gágáil léi féin ina pram agus d'oscail mé mo bhéal le hinsint do Sheosamh faoi na ríomhairí glúine, agus cé a tháinig thart an coirnéal ach Úna Ní Néill. Shílfeá go raibh sí dár leanúint thart. Nó ag leanúint Sheosaimh ar scor ar bith. Sular thosaigh sí a chur Sheosaimh faoi hiopnóis arís, thug sí Gearr-ghairid faoi deara.

"Ó," ar sise agus í thíos ar a glúine. "Nach deas í seo." Ba leor sin do Ghearr-ghairid. Is breá léi aird daoine a tharraingt uirthi féin. Ansin, tharla rud iontach aisteach. Thosaigh Úna a labhairt i dteanga choimhthíoch.

"ÓÓÓ, is túúú atáá galántaaa. Babaí galánta, malánta, balánta."

D'amharc mise agus Seosamh sa treo eile. Bhí muid náirithe. Ach bhí Gearr-ghairid sona sásta. Thosaigh sí a gháire agus a luascadh anonn is anall.

"Ibáil, dibáil, dú," arsa Úna.

Bhí sé sin barraíocht. Bhí sí ag dul thar fóir. Dá gcluinfeadh Mamaí í bheadh sí ar buile. Creideann Mamaí gur chóir fíorfhocail a labhairt le fíordhuine.

"Caithfimid imeacht," arsa mise amach os ard.

D'éirigh Úna ina seasamh. "Ó. An bhfuil sibh ag dul áit ar bith speisialta?"

"Táimid ag traenáil don siúlatón," arsa Seosamh.

Ar ndóigh, b'éigean d'Úna bheith linn. Shiúil muid anonn is anall agus Úna ag caint i rith an ama. D'inis sí dúinn go raibh sí ag stopadh i dteach a mamó ar Shráid Liam, thart an coirnéal ónár sráid féin go dtí go dtiocfaidh a tuismitheoirí ar ais ó thuras thar sáile i gceann trí seachtaine.

Faoin am ar bhain mé an baile amach, bhí sé mall go leor. Bhí Gearr-ghairid ina codladh sa phram. Bhí Mamaí ar buile agus míshásta liom. Shíl sí gur rud éigin millteanach a tharla dúinn. Ach níor tharla rud ar bith. Bhuel, tharla rud amháin. Fuair mé amach go bhfuil an-chraic le hÚna agus go bhfuil dúil mhór agam inti.

Caibidil 5

Maidin lá arna mhárach, d'éirigh mé go luath. Bhuel, luath domsa. De ghnáth, bím i mo luí faoin chuilt go dtí an bomaite deireanach, ach sula ndeachaigh mé a luí aréir, shocraigh mé dhá rud:

1. Tá mé ag dul a éirí níos aclaí. Chomh haclaí sin go mbeidh Úna buartha nár iarr sí ormsa bheith i mo chomhpháirtí léi ar an siúlatón.

2. Tá mé ag dul a fháil níos mó ainmneacha ar mo chárta urraíochta ná duine ar bith eile agus má shiúlaim níos faide ná duine ar bith eile beidh seans maith ag an rang s'againne na ríomhairí glúine a bhaint.

Bhí aisling agam ina bhfaca mé deora áthais i súile mo Mhúinteora agus a sciathán thart ar mo ghualainn. 'An Curadh' a thug sí orm. Tá Úna agus Seosamh san aisling fosta agus éad an domhain orthu.

Bhí Daidí ina shuí cheana féin, ag méanfach agus ag déanamh réidh bricfeasta. Thug sé spléachadh ar an chlog.

"Tá sé ceart go leor, a Dhaidí. Shocraigh mé éirí go luath," arsa mise le hinsint dó nach bhfuil mé tinn agus nach gcaithfidh sé mé a thabhairt chuig an dochtúir.

"Cad chuige? Cad é atá ag dul?" a d'fhiafraigh sé.

"Tá mé ag dul amach a rith."

"Cad é?" a scairt Daidí ionann is go ndúirt mé go raibh mé ag dul a mharú duine.

"Tá mé ag dul a éirí aclaí don siúlatón."

Thug Daidí cupán bainne dom agus ansin tháinig aoibh mhór an gháire air. "Cad chuige a bhfuil tú ag dul amach a rith nuair is SIÚLatón atá ann?"

Níor thug mé aird ar bith air sin agus dúirt mé leis, "Ar chuala tú faoi na ríomhairí glúine?"

"Chuala cinnte. Ar dóigh, nach bhfuil?"

"Beidh sé ar dóigh má bhaineann an rang s'againne iad," arsa mise.

Shiúil mé i dtreo an dorais chúil agus scairt mé thar mo ghualainn, "An inseoidh tú do Mhamaí cá'l mé?"

Amach liom go gasta ar eagla go ndéarfadh sé liom a insint di mé féin. In amanna, éiríonn Mamaí iontach buartha fúm gan fáth ar bith.

Bhí an mhaidin breá fionnuar, bhí an ghrian

ina suí ach i bhfolach ar chúl na dtithe go fóill. An t-aon uair amháin eile a bhí mé i mo shuí chomh luath seo an lá a rugadh Gearr-ghairid.

Mhúscail Daidí mé ar 5.30 ar maidin agus thiomáin an triúr againn tríd shráideanna dorcha na cathrach go dtí gur bhain muid an otharlann amach.

Tá an otharlann píosa fada ón áit a bhfuilimidne inár gcónaí. Ansin, shocraigh Gearr-ghairid nach raibh sí réidh le teacht ar an saol go tráthnóna. Lá arna mhárach, thug an Múinteoir orm labhairt leis an rang faoi. Is breá léi é nuair a tharlaíonn rud iontach agus is breá léi muid labhairt leis an chuid eile den rang faoi.

Faoin am ar bhain mé bun na sráide amach, bhí mé tuirseach traochta. Dar liom, mura dtig liom fiú rith go bun na sráide, cad é mar a thig liom an siúlatón a dhéanamh gan titim i laige. Shocraigh mé siúl a chleachtadh in áit rith.

Cúig bhomaite eile agus bhí pian i mo chosa agus tart an domhain orm. B'fhusa bheith ag lámhacán. Bhí mé ag éirí níos fadálaí. Bhí an aisling ag imeacht as radharc.

Chas mé thart agus thug mé m'aghaidh ar an bhaile – go breá fadálach.

Ach ní raibh mé sásta géilleadh a fhad is a

bhí na ríomhairí sin ar fáil. Ní raibh 7C ag dul a bhaint na ríomhairí sin gan troid.

Nuair a bhain mé an baile amach, chuaigh mé caol díreach chuig an chistin le deoch uisce a fháil.

"Cad é mar a bhí an traenáil?" arsa Daidí nuair a rith mé thart leis.

"Ní … thig … liom … labhairt," arsa mise. Chuir mé an t-uisce ag dul agus fuair mé deoch mhór fhada fhuar dom féin. Mhothaigh mé rud beag níos fearr.

"Bhí an rith go maith, mar sin de," arsa Daidí agus é ag gáire orm.

Tháinig Mamaí isteach agus Gearr-ghairid ar iompar léi. "Tá mé iontach bródúil asat, a Mháirtín," ar sise. "D'inis Daidí dom faoin traenáil atá tú ag dul a dhéanamh don siúlatón." Thug sí póg dom ar bharr mo chinn.

Rinne mé iarracht aoibh an gháire a chur orm féin. Dá mbeadh a fhios aici cad chuige a raibh mé á dhéanamh.

"Níl baint ar bith ag na ríomhairí glúine leis an scéal, an bhfuil?" arsa Daidí.

Chroith mé mo cheann agus d'amharc mé amach ar an fhuinneog sa dóigh nach dtiocfadh leo an chuma chiontach a bhí orm a fheiceáil. Ní bréag a bhí ann. Ní go hiomlán. Ansin, phléasc mé amach ag gáire. Ní raibh neart agam air. Thíos ar an tsráid bhí an rud is greannmhaire dá bhfaca mé riamh.

"Cad é atá greannmhar?" arsa Daidí agus é ag teacht anall chuig an fhuinneog.

Bhí Seosamh thíos ar an tsráid agus briste gairid, T-léine agus bróga reatha air agus é ag máirseáil síos an cosán. Bhí na sciatháin ag luascadh agus bhí sé cosúil le saighdiúir déanta as adhmad.

Thosaigh Daidí a gháire nuair a chonaic sé Seosamh agus ansin ar seisean liomsa, "Cad chuige nach ndeachaigh an bheirt agaibh i gcuideachta a chéile? Bíonn sibh i gcónaí ag déanamh rudaí le chéile." Stán sé orm. "Ar thit sibh amach?"

Thiontaigh mé ón fhuinneog. "Ar maidin inniu a shocraigh mé dul amach a thraenáil, a Dhaidí. Ní raibh an t-am agam labhairt le Seosamh faoi go fóill." Níl a fhios agam ar chreid sé mé ach ní raibh mé ag dul a thosú a insint dó faoi Úna.

Sula raibh seans ag Daidí ceisteanna crua ar bith eile a chur orm, bhuail Gearr-ghairid a spúnóg ar a cathaoir ard. Bhí bricfeasta de dhíth uirthi.

Lig mé osna faoisimh nár chuala duine ar bith ach mé féin. Ansin, thuig mé. Bhí an smaoineamh céanna ag Seosamh agus a bhí agam féin. Fiú nuair a dhéanaimid rudaí linn féin déanaimid an rud céanna. Cad chuige, arsa mise liom féin, a bhfuil Seosamh ag traenáil? Ar mhaithe le hÚna nó ar mhaithe leis na ríomhairí. Ach, ar ndóigh, ní raibh a fhios ag Seosamh rud ar bith faoi na ríomhairí ag an phointe seo. Ar mhaithe le hÚna! Thosaigh mé a smaoineamh go raibh contúirt ann go raibh mise agus Seosamh ag dul a thitim amach lena chéile. Bhí an locht ar fad ar an Mhúinteoir, ar an siúlatón agus ar Úna Ní Néill.

D'ith mé mo bhricfeasta, phacáil mé mo mhála agus d'fhág mé slán ag Mamaí, Daidí agus Gearr-ghairid agus d'imigh mé liom chun na scoile. Ar an bhealach, bhuail mé isteach chuig teach Sheosaimh, mar is gnách. Bhí sé ag fanacht liom, mar nach gnách. De ghnáth, bíonn orm fanacht tamall leis bheith réidh le himeacht. Ar an bhealach chun na scoile, bhí mé ag fanacht leis rud éigin a rá faoin traenáil a bhí sé a dhéanamh. Má insíonn seisean domsa, dar liom, inseoidh mise dó faoi mo thraenáil féin. Shíl mé go raibh sé sin cothrom go leor.

Ní dúirt Seosamh rud ar bith faoi thraenáil.

Bhí mé ag iarraidh gan bheith gonta ach ansin, thug mé faoi deara go raibh sé ag siúl cineál bacach. Rinne sé dochar de shórt éigin dá chos ar a shiúlóid rúnda ar maidin.

"Cad é a tharla do do chos?"

"Rud ar bith."

D'fhan mé i mo thost, ag tabhairt seans dó insint dom. Ach choinnigh sé a bhéal druidte. Ansin, thosaigh sé a chaint ar an aireagán is déanaí dá chuid. Bhí meaisín déanta aige a bhaineann an bhlaosc d'uibheacha bruite. Ach sula raibh deich bhfocal ráite aige chuir mise isteach air.

"Shíl mé go ndúirt tú nach bhfuil cead agat níos mó aireagán a dhéanamh. Dúirt tú nach raibh cead agat uirlisí d'athar a úsáid."

"Déanann Daidí dearmad. Ach tá Mamaí ar buile liom."

"Cad chuige?"

"Bhruith mé na huibheacha uilig le triail a bhaint as m'aireagán nua …"

"Agus?"

"Bhí píosaí de bhlaosc greamaithe de na huibheacha agus b'éigean di iad uilig a chaitheamh amach."

I rith an ama seo bhí mé ag smaoineamh ar insint dó faoi na ríomhairí glúine ach go díreach nuair a bhí mé ar tí insint dó, chuala muid guth ar ár gcúl.

Guth a d'aithin muid.

"Fan liomsa, a Sheosaimh."

Úna!

Cinnte, bhí dúil agam inti ach bhí sí ag tosú a chur isteach orm. Bhí sí gach áit. Agus ag líonadh an spáis idir mise agus Seosamh. Mhothaigh mé gur mhór an trua a tháinig sí chuig an scoil s'againne riamh.

Níor amharc Seosamh orm. Ag amharc ar an talamh a bhí sé agus an chuma air go raibh sé ag déanamh staidéir air. Faoin am seo bhí Úna taobh linn. "Chuaigh mé chuig do theach – ar do lorg," ar sise.

Bhí sé seo ag éirí dáiríre. An raibh mé ag dul a labhairt le Seosamh riamh arís agus é leis féin? Am ar bith a raibh Seosamh thart bhí Úna ansin fosta mar a bheadh an scáil s'aige ann.

Chuir na smaointe sin fearg orm agus thosaigh mé a shiúl go gasta. Ansin, níos gasta agus níos gasta go dtí go raibh mé ag rith. Ag imeacht liom i mo rith chomh fada agus is féidir ó Sheosamh agus ó Úna. Ach i rith an ama seo, bhí mé ag fanacht le Seosamh scairteadh liom, ag iarraidh orm fanacht leis. Ach níor scairt sé.

Nuair a bhain mé geataí na scoile amach, d'amharc mé siar. Bhí Seosamh agus Úna ag bun na sráide go fóill ag caint agus ag comhrá agus ag siúl go fadálach ionann is gurb iad na cairde is fearr ar an domhan iad. Cá háit ar fhág sé sin mise?

Thiontaigh mé agus isteach liom go brónach ar scoil. In amanna, ní bhíonn an saol cothrom ar chor ar bith.

Caibidil 6

Ar ndóigh, ba chóir dom fios a bheith agam go n-iarrfadh an Múinteoir orm insint don rang faoin ollmhargadh agus na ríomhairí glúine. Bhí mé ar mo bhealach chuig mo thábla nuair a chuir sí a lámha thart ar mo ghualainn.

Mhínigh mé an méid a bhí le míniú agam agus ansin thosaigh an Múinteoir.

"Nach bhfuil sé sin go hiontach?" ar sise. "Bualadh bos mór do Mháirtín."

Chuaigh mé ar ais chuig mo thábla agus a cuid focal ag déanamh macalla i mo chluasa, "Bualadh bos mór do Mháirtín … bualadh bos mór do Mháirtín …"

Ansin, chonaic mé aghaidh Sheosaimh. Dearg agus ar buile. Lig mé orm féin nár thug mé faoi deara. Bhí mé ag dul a insint dó faoi na ríomhairí glúine ach bhí sé chomh gnóthach sin le hÚna. Ní raibh seans agam. Ní raibh, dáiríre.

"Anois," arsa an Múinteoir, "ciallaíonn an nuacht seo faoi na ríomhairí glúine go gcaithfimid ár seacht ndícheall a dhéanamh. Smaoinígí ar an sult agus an tairbhe a thiocfadh linn a bhaint as ríomhairí glúine. Ní gach lá a thagann seans mar seo an bealach."

Chuir Treasa a lámh in airde. "Tá trí ainm agam ar mo chárta urraíochta, a Mhúinteoir."

"Maith thú, a Threasa. Tús maith leath na hoibre."

D'amharc an Múinteoir thart ar an seomra. "Duine ar bith eile?"

Tost.

"Cad é seo? Duine ar bith ar chor ar bith?" Tháinig cuma imníoch ar an Mhúinteoir agus í ag amharc thart an seomra ar eagla go raibh lámh in airde nach bhfaca sí.

Níl mé cinnte cad chuige ach chuir mise mo lámh in airde. Sílim go raibh mé ag iarraidh ar an chuid eile den rang an siúlatón a ghlacadh dáiríre. Go raibh seans maith againn na ríomhairí glúine a bhaint. Seans chomh maith le 7C. Bhí mé cinnte go raibh an smaoineamh céanna ag Seosamh. I ndiaidh an iomláin tá a chroí istigh sna ríomhairí agus ba bhreá leis go mbeadh cúpla ríomhaire glúine sa rang an lá ar fad. Bhuel, sin mar a bhí sé go dtí an lá inné. Ach an lá sin, ní raibh mé cinnte.

"Bhuel, a Mháirtín?" arsa an Múinteoir.

"Tá Daidí ag dul a shíniú mo chárta anocht."

"Ar fheabhas."

Ina dhiaidh sin, d'iarr an Múinteoir ar Úna í féin a chur in aithne don rang.

Sheas sí ag tábla an Mhúinteora os comhair gach duine. Tháinig ga gréine isteach ar an fhuinneog agus bhí loinnir iontach ina cuid gruaige. Thosaigh sí a insint dúinn faoi chuid de na háiteanna iontacha a raibh sí. Cuid acu nár chuala mé iomrá orthu. Mhínigh sí go bhfuil a tuismitheoirí ina n-iriseoirí agus go mbíonn siad ag taisteal ar fud an domhain.

"Go hiontach," arsa an Múinteoir.

"Go hiontach in amanna," arsa Úna, ach ansin, d'imigh aoibh an gháire. "Ach an chuid is mó den am, ní bhím leo. Bíonn sé róchontúirteach. Bíonn orm stopadh le daoine nach bhfuil aithne agam orthu."

Dar liom go raibh sé sin millteanach. Bheith i do chónaí le strainséirí. Ní thiocfadh liom mo shaol a shamhlú gan Mamaí, Daidí agus Gearr-ghairid. Agus Máire.

Labhair an Múinteoir arís, "Tá tú leat féin, mar sin, a Úna? Níl deartháir ná deirfiúr ar bith agat?"

Tháinig cuma bhrónach ar Úna. "Bhí deartháir beag óg agam, ach fuair sé bás … níl a fhios agam cad é a tharla … i bhfad ó shin … tharla sé i bhfad, i bhfad ó shin," agus dúirt sí an píosa deireanach sin faoi dheifir.

Nuair a chuala mé sin uilig mhothaigh mé go holc. Cad é mar a thiocfadh liom bheith míshásta léi go raibh sí ag cur isteach ar an chairdeas a bhí idir mise agus Seosamh?

Fuair a deartháir bás agus níl baile dá cuid féin aici!

Chlaon an Múinteoir a ceann go ciúin agus d'iarr sí ar Úna insint don rang faoi na caithimh aimsire a bhí aici.

Ach sular labhair Úna buaileadh cnag ar an doras. D'oscail Múinteoir 7C an doras agus chuir sé leathchos isteach sa seomra. Bhí cuma scáfar air. Thug sé comhartha don Mhúinteoir s'againne ag iarraidh uirthi dul chuige.

Shiúil an Múinteoir a fhad leis an doras. "Gabh ar aghaidh, a Úna," ar sise agus dhruid sí an doras ina diaidh. Bhí mé leath ag éisteacht le hÚna agus leath ag iarraidh éisteacht leis an mhéid a bhí le rá ag an bheirt mhúinteoirí. Nuair a labhraíonn múinteoirí lena chéile taobh amuigh den seomra bíonn a fhios agat go bhfuil rud éigin tábhachtach ar siúl. Rud éigin nár mhaith leo a insint dúinne go fóill.

Dhá bhomaite ina dhiaidh sin, tháinig an Múinteoir s'againne ar ais isteach sa seomra.

Bhí Úna ag insint dúinn faoi na duaiseanna spóirt a bhain sí sna scoileanna uilig ina raibh sí.

I ndiaidh dúinn bualadh bos a thabhairt di, chuir an Múinteoir a dhá lámh in airde ag iarraidh orainn bheith ciúin. Bhí cuma bhrónach uirthi. An raibh drochscéala ag Múinteoir Rang 7C di?

"Ar an drochuair," ar sise, "is cosúil nach mbeidh Úna againn i bhfad eile."

Ba léir nach raibh a fhios ag Úna rud ar bith faoi seo.

"Níor tharla rud ar bith do do thuismitheoirí," arsa an Múinteoir ar eagla gur shíl Úna gur tharla. "Ach is cosúil gur chóir duit bheith i 7C ó thús."

Ag caint ar thitim croí! Tá Úna róchliste dúinn. Tá sí chomh cliste leis na páistí i 7C. Dúirt an Múinteoir s'againne nach raibh difear ar bith idir 7C agus muidne ach bhí a fhios agamsa go raibh. Go tobann, mhothaigh mé iontach éadóchasach. Cad chuige a bhfaigheann 7C gach rud maith atá ag dul?

"Ach ní thig leat dul isteach chuig 7C!" a scread Treasa agus í ag amharc ar Úna agus deora ina súile. "Tá siad uafásach!"

Den chéad uair i mo shaol, d'aontaigh mé le Treasa.

Thug mé spléachadh ar Sheosamh. Bhí sé ag stánadh roimhe.

Thosaigh gach duine a chaint ag an aon am amháin. Bhí an rang ar fad ag drantán mar a bheadh coirceog bheach ann agus bhí mise trína chéile go hiomlán. Ar dtús, ní raibh dúil ar bith agam in Úna agus ina dhiaidh sin, bhí dúil mhór agam inti. Cad é atá ag tarlú? Ba chóir áthas a bheith orm go raibh Úna ag imeacht go 7C.

Má imíonn sí ní bheidh sí mar chomhpháirtí ag Seosamh sa siúlatón. Mise a bheidh ina chomhpháirtí aige in áit Úna. Ach cad chuige nár mhaith liom í imeacht? Cad chuige a mothaím go bhfuil Úna mar chara againn?

Ansin, sula raibh seans agam mé féin a stopadh, bhí mo lámh in airde agus mé ag scairteadh, "Mo leithscéal, a Mhúinteoir."

Rinne an Múinteoir cúpla bualadh bos agus stop an clampar. "Is ea, a Mháirtín, cad é atá cearr?"

"Nach dtiocfadh linn agóid a bheith againn?" arsa mise. Níor chreid mé go ndúirt mé é.

"Cén sórt agóide?" Níor thuig an Múinteoir.

"Agóid faoi Úna ag dul go 7C," a mhínigh mé. "Thiocfadh linn uilig agóid a dhéanamh leis an Phríomhoide." Luigh mé siar i mo chathaoir, traochta leis an iarracht. Mhothaigh mé trína chéile. Dá n-oibreodh an agóid agus dá ligfeadh an Príomhoide d'Úna fanacht sa rang, sin deireadh le Seosamh mar chomhpháirtí siúil liomsa.

Bhí clampar sa seomra ranga arís, ach anois bhí gach duine ar bís. D'ardaigh an Múinteoir a lámha. Thit tost.

"Ceart go leor," ar sí, "feicim go bhfuil dúil agaibh in Úna." D'amharc sí trasna ar Úna. "Ach sula dtosaímid a dhul chuig an Phríomhoide le hagóid, sílim gur chóir dúinn fáil amach cad é ba mhaith le hÚna."

D'amharc an rang uilig ar Úna.

"Bhuel, a Úna?" arsa an Múinteoir.

D'oscail Úna a béal agus labhair sí go mall. "Sílim gurb é seo an rang is fearr riamh," ar sí.

"Glacaim leis, mar sin, go bhfuil tú ag iarraidh fanacht anseo in áit dul go 7C?"

Chlaon sí a ceann go láidir.

Lig muid gáir áthais asainn. Mhothaigh muid gur bhain muid an chéad chath in éadan 7C. Thiontaigh Seosamh chugam agus d'ardaigh sé na hordóga. Tháinig aoibh mhór an gháire ar m'aghaidh. Cén difear mura ndéanaimid an tsiúlóid le chéile? Cén difear más í Úna a chomhpháirtí? Is cuma! An rud is tábhachtaí gur cairde muid, mise agus Seosamh.

Caibidil 7

Sa deireadh, ní raibh agóid de dhíth le hÚna a choinneáil. Chuaigh an Múinteoir agus Úna chuig an Phríomhoide iad féin, agus nuair a tháinig siad ar ais bhí aoibh an gháire orthu beirt. Chuaigh Treasa a fhad le hÚna agus threoraigh ar ais chuig a suíochán í mar a bheadh réalta scannán ann.

"A fhad is go bhfuil Úna sásta san áit a bhfuil sí," arsa an Múinteoir, "thig léi fanacht."

Hurá! Don chuid eile den am roimh shos na maidine níor thug mé aird ar bith ar an cheacht mata. Bhí mé ag smaoineamh faoin tsiúlóid. Anois gur bhain muid rud éigin in éadan 7C cad chuige nach mbainfeadh muid arís? Níor smaoinigh mé nach raibh a fhios ag 7C go raibh Úna le dul chucu. Ach mhothaigh mé go breá, cibé.

Faoin am ar tháinig sos na maidine, bhí plean agam. Plean, b'fhéidir, a chuideodh linn an siúlatón a bhaint.

Ach bhí cuidiú de dhíth orm. Go háirithe ó

Sheosamh. Nuair a bhuail an clog chuaigh mé a fhad le Seosamh agus ghabh mé mo leithscéal.

"Tá brón orm nár inis mé duit faoi na ríomhairí, ach bhí mé ar buile leat. Agus tá sé maith go leor más maith leat Úna mar chomhpháirtí."

Thiontaigh Seosamh agus chroith sé a cheann. "Ní tusa a bhí amaideach. Mise a bhí amaideach."

"Ní tú," arsa mise. "Mise a bhí amaideach."

"Amanna, is amadán ceart mé," arsa Seosamh gan éisteacht liom. "Mo leithscéal, a Mháirtín."

"Ceart go leor," arsa mise. Bhí mé buartha go leanfadh an comhrá seo an lá ar fad. Cibé, bhí mé ag iarraidh insint dó faoin phlean a bhí agam. "Éist! Tá smaoineamh agam faoin siúlatón."

"Samhlaigh é," arsa Seosamh. "Ríomhairí glúine nua!"

Ansin, rith Úna chugainn, agus Treasa ina diaidh. Stop sí os mo chomhair.

"Go raibh maith agat, a Mháirtín, as an rud a rinne tú."

"Cad é?" Bhí náire orm.

"Sin an chéad uair a bhí duine ag iarraidh agóid a thosú le mise a choinneáil. A mhalairt a bhíonn ann, de ghnáth."

Rinne mé gáire neirbhíseach. Roimh an

mhaidin sin an bharúil a bhí agam féin! "Níl a bhuíochas ort," arsa mise, agus ansin d'athraigh mé an comhrá. "Cén seans atá againn, dar leat, an siúlatón a bhaint?"

"Seans chomh maith le 7C," a d'fhreagair Úna.

"Amaidí!" arsa Treasa.

An chéad rud eile, bhí fuaim mar a bheadh toirneach ann ar ár gcúl. Luasc an ceathrar againn thart. Ach, ní stoirm a bhí ann. 7C a bhí ann agus na lámha ag luascadh is na cosa ag máirseáil acu.

"Do bharúil go dtig linn é sin a bhualadh?" arsa Seosamh, a ghuth lán d'éadóchas.

"Tá sé furasta siúl go gasta ar thalamh mín," arsa Úna.

Furasta? Bhí mé ag smaoineamh ar an dóigh ar mhothaigh mé ar mo shiúlóid ar maidin. Agus iad ag dul tharainn scairt duine as 7C amach, "Go raibh maith agat as na ríomhairí glúine, a Mháirtín."

Chuir sé sin fearg orm.

"Ar chuala tú é sin?" arsa Treasa ag amharc orm.

"Níl siad agaibh go fóill," a scairt mise. Bhí mé ag iarraidh bheith dóchasach ach bhí an dóchas ag imeacht go gasta.

Nuair a mháirseáil 7C as radharc, thiontaigh Seosamh chugam. "Cén smaoineamh atá agat, mar sin?"

"Tá cuma amaideach air anois," arsa mise.

"Ach níl smaoineamh ar bith eile againn."

Stán Seosamh orm tamall fada. Bhí cuma dhaingean air, cuma nach bhfaca mé ach uair amháin roimhe. Sin nuair a bhí Seosamh i ndiaidh tosú ar an scoil agus chuaigh an rang chuig an linn snámha. Agus, mar a dúirt mé cheana, níl Seosamh maith ag an spórt. Bhí páistí ag magadh air de thairbhe nach raibh sé maith ag an snámh. Dúirt siad go mbeadh lacha phlaisteach níos fearr ná é. Bhuel, d'athraigh sé sin Seosamh. Isteach sa taobh domhain leis agus rinne sé iarracht snámh go dtí an taobh éadomhain. D'imigh a anáil agus thosaigh sé a dhul síos san uisce. B'éigean don Mhúinteoir léim isteach agus é a tharraingt amach. Ach cothrom na féinne do Sheosamh ní raibh sé ag dul a ghéilleadh do na páistí sin. Is dócha go raibh sé ag smaoineamh ar an dá ríomhaire glúine le 'ga gorm' orthu anois. Ní raibh sé ag dul a ghéilleadh gan troid.

"Inis dúinn. Le do thoil," arsa Úna.

"Inis," arsa Treasa. "Inis dúinn a Mháirtín."

Thosaigh mé a labhairt go mall. "Seo an

scéal. An rang a bhailíonn an méid is mó airgid a fhaigheann na ríomhairí glúine, ceart?"

Chlaon an triúr acu a gceann.

"Má táimidne le baint caithfimid teacht ar dhuine a bhfuil na múrtha airgid aige."

"Cad chuige?" arsa Treasa.

Lig mé osna. "Abair go dtugann do mháthair beagán airgid duit ar gach ciliméadar. Beidh siúl mór de dhíth le hairgead mór a fháil. Ach má thugann do mháthair cuid mhór airgid duit ar gach ciliméadar, beidh níos mó airgid agat as an mhéid chéanna a shiúl."

"Má tá tú ag rá go bhfuil mo mháthair sprionlaithe tá dul amú ort!"

"Ní dúirt mé …" Ach stop mé ansin.

"Is ea," arsa Seosamh. "Tá an ceart agat. Ach níl duine ar bith thart anseo a bhfuil na múrtha airgid acu."

"Dúirt mé leat nach raibh seans ar bith againn."

"Fan!" a scairt Úna agus aoibh an gháire uirthi. "Seans go bhfuil plean agam féin."

Bhog muid níos giorra di, ag fanacht leis an fhreagra.

"An dtig linn urraíocht a fháil ó áit ar bith?" a d'fhiafraigh Úna.

"Níl a fhios agam," arsa mise. "Cad chuige?"

Ba chuma, a shíl mé. Dá mbeadh aithne agam ar chéad duine ar an taobh eile den domhan, ní dhéanfadh sé difear. Ní bheadh airgead ar bith acu cibé.

"Bhuel …" ar sí go mistéireach. Chuir clog na scoile deireadh leis an chomhrá. Ag dul ar ais chuig an seomra ranga, tharraing Úna mé ar leataobh. "A Mháirtín," ar sí i gcogar, "déan iarracht an Múinteoir a chur ag labhairt ar urraitheoirí arís."

"A fháil amach an gá dóibh teacht ón áit seo?"

Chlaon Úna a ceann. "Sin é. Agus …"

Bhuail Seosamh isteach sa chomhrá. "Bhí mé ag obair ar bhróga reatha speisialta," ar sé i gcogar. "Seans go mbeidh siad úsáideach."

Choinnigh mé cúl ar an gháire. Ag smaoineamh ar na rudaí eile a rinne sé is dócha gur ar gcúl a bheidh na bróga spóirt seo ag dul.

"Thig liom iad a thástáil duit," arsa Treasa. Lig Seosamh air nár chuala sé í agus rith sé anonn chuig a chathaoir.

Thug Úna sonc dom. "Ná déan dearmad ceist a chur faoi na hurraitheoirí."

Agus ar shiúl chuig a deasc léi nuair a tháinig an Múinteoir isteach sa seomra.

Bhí am lóin thart nuair a fuair mé faill labhairt leis an Mhúinteoir faoi na hurraitheoirí. An mhaidin ar fad, bhí muid róghnóthach ag déanamh mionsamhail *papier mâché* den ghrianchóras. Ní raibh mé fiú ag smaoineamh ar an tsiúlóid agus muid ag déanamh rud chomh corraitheach sin.

Ach ansin, chuaigh an Múinteoir go díreach isteach sa cheacht litrithe. Mar sin de, sula raibh faill aici tosú ar an liosta focal a chur ar an chlár chuir mé mo lámh in airde le ceist a chur faoi na hurraitheoirí.

"A Mhúinteoir, ní raibh a fhios agam ..." Ansin, stop mé, gan bheith cinnte cad é ba chóir a dhéanamh ina dhiaidh.

Dhírigh an Múinteoir a haird orm. "Cad é, a Mháirtín?"

"An bhfuil sé ceart go leor má shíníonn Máire mo chárta?" arsa mise, ag rá an chéad ruda a tháinig isteach i mo cheann.

Bhí an Múinteoir trína chéile.

"Mar urraitheoir don tsiúlóid," a chuir mé leis,

ag éirí níos muiníní. "Níl Máire, mo dheirfiúr, ina cónaí thart anseo. An chuid is mó den am bíonn sí amuigh sna foraoisí." Bhí mé ag smaoineamh, dá mbeadh sé maith go leor do Mháire airgead a thabhairt dom don siúlatón, bheadh sé maith go leor do dhuine ar bith áit ar bith airgead a thabhairt.

"Ceist mhaith, a Mháirtín! Go raibh maith agat." Rinne an Múinteoir gáire liom. "Tá sé deas a fheiceáil go bhfuil duine éigin dáiríre faoin siúlatón."

Mhothaigh mé chomh slítheánta le madadh rua. Dá mbeadh a fhios aici! Ní raibh mise ach ag iarraidh go mbeadh an bua againn ar 7C. Is maith an rud nach dtuigeann daoine an rud a bhímid ag smaoineamh.

Chuir guth an Mhúinteora isteach ar mo smaointe. "De thairbhe gurb é an sprioc airgead a bhailiú – airgead a chuideoidh le páistí – cuirfear fáilte roimh urraitheoir ar bith. Fiú ón taobh eile den domhan." Ansin, lig an Múinteoir racht mór gáire, amhail is nach féidir lena leithéid tarlú.

Nuair a chuaigh an Múinteoir ar ais go dtí an clár le cúpla focal eile a scríobh, d'amharc mé ar Úna. Chaoch sí a súil agus bhí aoibh an gháire uirthi. Chroith Treasa a lámh agus d'ardaigh Seosamh na hordóga.

I ndiaidh na scoile, shiúil an ceathrar againn go malltriallach síos an tsráid.

"Cad chuige nach nglacfaimid an siúlatón dáiríre?" a mhol Úna.

"An ag caint faoi thraenáil atá tú?"

"Is ea, agus an rud a raibh muid ag caint air roimhe". D'ísligh Úna a glór agus d'amharc sí thar a gualainn. "Ní thig linn labhairt anseo. Ní bheadh a fhios agat cé a bheadh ag éisteacht. Tá spiairí gach áit."

Bhí iontas ar Threasa. "Spiairí?"

"7C," arsa Seosamh, ag stánadh uirthi, go míshásta. Ach bhí sé rómhall rud ar bith a dhéanamh faoi Threasa anois. Beidh ar Sheosamh í a fhulaingt. Cibé, b'fhéidir go mbeadh sí úsáideach am éigin.

"Ó, iadsan!" Lig Treasa a hanáil amach. "Ní bheadh siad ábalta fiú crann a dhreapadh."

Amanna, nuair a labhraíonn Treasa shílfeá gur ag éisteacht le duine ó phláinéad eile atá tú.

"Tá cruinniú de dhíth," arsa Úna.

"Cad é faoin teach s'agamsa i ndiaidh an dinnéir?" arsa mise, cé go raibh soilse aláraim ag gabháil i m'intinn. Beidh an teach trína chéile – le Gearr-ghairid ag iarraidh fanacht ina suí, Daidí ag ceol agus Mamaí ar an ghuthán.

"Thiocfadh liom pictiúir a tharraingt," arsa Treasa.

Stop mise, Úna agus Seosamh ag caint. Stán muid ar Threasa.

"Tá mé maith ag déanamh cat," ar sí.

Cad é atá sí a rá? Fiú duine ó phláinéad eile bheadh sé doiligh aige í a thuiscint.

D'oscail Seosamh a bhéal agus thosaigh sé a chaint go mall, ag iarraidh bheith suaimhneach. "Cén bhaint atá ag pictiúr de chat leis an siúlatón?"

"Inseoidh mé duit ag an chruinniú anocht," arsa Treasa. Agus amach léi síos an tsráid sula dtiocfadh le duine ar bith againn focal eile a rá.

Caibidil 8

Nuair a tháinig Mamaí agus Daidí abhaile, bhí drochspionn orthu. Ní raibh a fhios agam cad é a bhí cearr agus níor chuir mé ceist. Bhí Gearr-ghairid ag caoineadh agus ag iarraidh greim a bhaint as mo lámh nuair a chuir mé ar an chathaoir ard í. Tá sí ag gearradh fiacla. Níor luaigh mé an cruinniú. Ina áit sin, luaigh mé an smaoineamh a bhí agam.

"A Dhaidí, an bhfuil úinéirí an ollmhargaidh saibhir?" a d'fhiafraigh mé, agus mé ag cuidiú leis an chraiceann a bhaint de na prátaí. Níl mé iontach maith chuige nó bainim barraíocht den phráta díobh.

"Tá airgead acu, ceart go leor." Chaith Daidí práta sa phota ag doirteadh uisce ar an doirteal. "Barraíocht, sin an fhadhb."

Cad chuige ar fadhb í barraíocht airgid?

Chuir Daidí a uillinn ar an bhinse agus d'amharc sé amach ar an fhuinneog. "An bhfuil a fhios agat an rud atá siad ag smaoineamh a dhéanamh, a Mháirtín?"

Chroith mé mo cheann.

"Tá siad ag smaoineamh ar ollmhargadh úr a oscailt."

"Caithfidh sé go bhfuil siad iontach saibhir." Bhí pictiúr i m'intinn de na húinéirí ag síniú mo chárta urraíochta. Sin dúshlán do 7C.

"Síleann tú go bhfuil sé go maith, an síleann?" arsa Daidí ag tógáil práta eile. "Agus déan tomhais cén duine ar mhaith leo bheith ina bainisteoir?"

Níorbh fhada gur thuig mé. "Mamaí?"

Chlaon Daidí a cheann. "Sin é, a Mháirtín."

Níor thuig mé cad chuige a raibh sé míshásta. Nach mbeadh sé go breá dá mbeadh Mamaí ina bainisteoir ar an ollmhargadh?

"Nach bhfuil Mamaí ag iarraidh a dhéanamh?"

"Tá sí cinnte."

Chuir mé práta eile sa phota agus d'fhan mé le míniú ó Dhaidí.

"An fhadhb atá ann," arsa Daidí, "go bhfuil sé ag smaoineamh ar é a oscailt mílte fada ar shiúl i mBun na Finne."

Thuig mé ansin an rud a bhí i gceist.

Chríochnaigh mise agus Daidí na prátaí gan focal asainn. Is maith le Daidí an Baile Bán. Bhí sé anseo a shaol ar fad. As cathair mhór do Mhamaí.

Cúpla bliain ó shin, bhí muid ar tí bogadh. Ach sa deireadh, ní bhfuair Mamaí an post a bhí sí a iarraidh agus d'fhan muid anseo. Ach anois? Glacfaidh Mamaí leis an phost nua.

Bhris Daidí an tost. "Bhuel, a Mháirtín, cad é do bharúil faoi imeacht ón Bhaile Bhán?"

"Seans ar bith," arsa mise. Bheith gan Seosamh ina chónaí taobh liom? Agus, go tobann, thuig mé an dóigh ar mhothaigh Úna agus í ag bogadh an oiread sin. "Is maith liom an áit seo, a Dhaidí."

"Is maith liom féin í, a Mháirtín."

Bhí drochthús leis an chruinniú. Rinne mé iarracht insint do Mhamaí faoi, ach gach uair a d'oscail mé mo bhéal le míniú, thug sí tasc eile dom. Tugann sí tascanna beaga dom nuair a bhíonn drochspionn uirthi. Sin an leigheas a bhíonn aici.

Cibé, sular chríochnaigh mé an bosca bruscair a fholmhú, tháinig Seosamh agus Úna. Bhí iontas ar Mhamaí.

"Tá cruinniú againn faoin siúlatón," arsa mise go gasta.

"Cad é faoi d'obair bhaile?" a d'fhiafraigh sí.

Is aisteach go mbíonn Mamaí buartha faoi m'obair bhaile i gcónaí. Shílfeá go raibh mé ag dul a bheith i m'eolaí mór.

"Níl ach cúpla rud le foghlaim agam," a d'inis mé di.

Nuair a tháinig Daidí isteach le Gearr-ghairid, smaoinigh mé go mbeadh rudaí go holc dá dtosódh Úna a chaint i dteanga bhabaí. Ní bheidh Mamaí ábalta déileáil leis agus an drochspionn uirthi. Bheadh an cruinniú thart sular thosaigh sé.

"Bhuel, a chairde, cad é an scéal?" arsa Daidí, ag amharc ar Úna.

"Seo Úna," a d'inis mé do Mhamaí agus Daidí. "Tá sí sa rang ó bhí an Luan ann. Tá sí ag stopadh ag a máthair mhór."

Bhí aoibh an gháire ar Úna. "Tá sé deas agaibh ligean dúinn an cruinniú a bheith againn anseo."

"Ba chóir dúinn tosú," arsa mise. Bhí mé ag iarraidh Úna a choinneáil ar shiúl ó Ghearr-ghairid.

Chuir Mamaí aoibh an gháire uirthi féin, más ar éigean. D'fhiafraigh Dadaí d'Úna cá raibh a máthair mhór ina cónaí. Agus mé ag éisteacht le hÚna mhothaigh mé go raibh sí slítheánta. Ní slítheánta ar drochdhóigh ach slítheánta cliste. Bhí sí ábalta iad a fháil ar a taobh ón tús.

Thosaigh Gearr-ghairid a bhéicíl. Stop Úna ag caint agus chuimil sí a lámh.

U-ó!

"Bhé atá bhearr …" a thosaigh Úna i nguth páistiúil.

Rinne mé casacht le cur isteach uirthi. Agus d'éirigh liom. Sula raibh seans aici tosú arís bualadh cnag ar an doras.

Thiontaigh Mamaí i mo threo. "Cá mhéad eile atá ag teacht?" ar sí.

"Sin é," arsa mise, ag ligean Threasa isteach. Bhí leathanaigh mhóra agus pinn léi.

Ansin, sula raibh seans ag Úna a béal a oscailt arís, bhrúigh mé Seosamh, Treasa agus í go dtí mo sheomra. Ag an am céanna, bhí mé ag gealladh do Mhamaí go gcuideoinn léi nuair a thiocfaidh Máire agus a fear don deireadh seachtaine. Dhruid mé doras an tseomra.

"Mo leithscéal, ach tá drochspionn ar mo mháthair," a mhínigh mé.

"Tá do mháthair go deas," arsa Treasa.

"Bíonn, de ghnáth."

Thosaigh an cruinniú le hÚna ag insint dúinn faoin bhean a bhfuil cúig mhonarcha éisc aici. "Stop mé aici ar feadh ocht mí nuair a bhí muid san Airgintín," a mhínigh sí. "Tá áit iontach aici ..."

"Samhlaigh é sin," arsa Treasa i monamar. "Cúig mhonarcha éisc."

Lean Úna. "Brunella Lala, sin a hainm. Tá na múrtha airgid aici. Agus sular imigh mé, dúirt sí liom nach raibh le déanamh agam dá mbeadh rud de dhíth orm ach a iarraidh."

"Ach, cad é mar a chuideoidh sé sin linn?" a d'fhiafraigh Seosamh.

"Thiocfadh léi urraíocht a thabhairt dom," arsa Úna, agus aoibh an gháire uirthi.

Thug Seosamh 'mmm' beag uaidh agus ar seisean, "Ach nach cuimhin leat an Múinteoir ag insint dúinn go gcaithfidh na hurraitheoirí an cárta a shíniú; gan é sin ní bheidh aon mhaith ann? Níl mórán ama fágtha."

Rinne Úna gáire. "Nár chuala sibh iomrá ar ghléas facs?"

"Chuala, ar ndóigh," arsa Seosamh go míshásta.

"Ba mhaith liom ceann fíor a fheiceáil," arsa Treasa.

Treasa bhocht. Tá gach gléas fíor. Is dócha go

raibh sí ag smaoineamh ar chinn a bhíonn ar an teilifís.

"Taispeánfaidh mé facs mo Mhamó duit am éigin," arsa Úna. "Cheannaigh m'athair di é. Cad é a shíleann sibh?"

Bhí tost ann. Ansin arsa Seosamh, "Ba bhreá liomsa an gléas facs a fheiceáil chomh maith."

"Ní raibh Úna ag caint air sin …" arsa mise ag croitheadh mo chinn. Bhí an cruinniú ag imeacht ón siúlatón. Agus ní bheadh muid sa siúlatón ach oiread mura ndéanfadh muid deifir.

"Sílim gur smaoineamh iontach é," arsa mise, á scríobh ar phíosa páipéir leis an teideal 'Smaointe Iontacha don Siúlatón'.

"Ar mhaith libh éisteacht leis an smaoineamh a bhí agamsa?" a d'fhiafraigh Treasa, ag amharc ar an triúr againn. Chuir sí síos an bloc páipéir os ár gcomhair.

"A fhad is nach nglacfaidh tú barraíocht ama," arsa Seosamh.

D'oscail Treasa an bloc páipéir. D'amharc muid air. "Léarscáil de chosán Chnoc na Giúise atá ann," a mhínigh sí. "Agus sin an rang s'againn." Dhírigh sí a méar ar dhaoine a bhí tarraingthe le pinn dhaite, ar chodanna difriúla den chosán.

Bhí iontas an domhain orm agus chonaic mé go raibh iontas ar Sheosamh chomh maith. Ní raibh a fhios agam go dtiocfadh le Treasa fiú líne dhíreach a tharraingt, gan trácht ar rud chomh maith seo. Bhí an teideal 'Páistí ag Sábháil Páistí' air. Bhí pictiúr de pháistí thart ar an phictiúr. Ag an bhun bhí na rudaí a raibh muid ag tógáil airgid dóibh: bia, uisce, blaincéid, éadaí agus rudaí eile.

"Ar tharraing tú é seo uilig tú féin?" a d'fhiafraigh Úna, agus iontas uirthi.

"Sin an caitheamh aimsire rúnda atá agam," ar sí i gcogar. "Níor thaispeáin mé mo chuid pictiúr do dhuine ar bith roimhe." Bhí faitíos uirthi. "Níor mhaith liom duine ar bith magadh a dhéanamh fúthu."

Bhí cuma mhíchompordach ar Sheosamh.

"Cad é faoi na cait?" a d'fhiafraigh mise. Bhí a fhios agam gur ceist amaideach a bhí ann ach bhí sí curtha sula raibh mé ábalta mé féin a stopadh. Chuaigh an rud a rinne Treasa i bhfeidhm orm agus ní raibh mé ábalta smaoineamh i gceart.

Rinne Treasa gáire. "Ní raibh ann ach cleas. Is fearr mé ag tarraingt na gcat ná rud ar bith eile."

"Sílim go bhfuil do phictiúr ar dóigh," arsa Seosamh. "Ach cén dóigh a gcuideoidh sé linn?"

73

Mhínigh Treasa. "Má thig linn cóipeanna a dhéanamh, ansin thig linn iad a thaispeáint do dhaoine. Seans go mbeidh spéis acu airgead a thabhairt dúinn."

"Ceart go leor. Fógraíocht!" arsa Úna. "Iontach maith!"

Scríobh mé smaoineamh Threasa síos ar mo phíosa páipéir. Dhá smaoineamh iontacha anois. B'fhéidir go dtiocfadh linn 7C a bhualadh.

"Is ea!" a scairt Seosamh, agus é corraithe. "Agus ansin, thiocfadh linn iad a chur in airde thart faoin áit, ag insint do gach duine cuidiú leis an rang s'againne."

Chroith Úna a ceann. "Ní thiocfadh! Ar mhaith leat 7C a chur ar an eolas faoin rud atá ar siúl againn sa dóigh go dtiocfadh leo aithris a dhéanamh orainn?"

"Ach ní thig liom smaoineamh ar áit ar bith a dtiocfadh linn cóipeanna a fháil déanta saor in aisce," arsa Treasa, ag ligean osna. "An bhfuil a fhios agaibh áit ar bith?"

"Cad é faoin leabharlann?" a mhol Seosamh.

Chroith mé mo cheann. "Cosnóidh sin airgead."

Bhí tost eile ann. Ansin, tháinig smaoineamh chugam. "Tá gléas fótachóipeála ag Mamaí san obair. Seans go bhfuil gléas facs acu chomh maith. Ach beidh orm fanacht go dtí go mbeidh spionn maith uirthi." Scríobh mé 'Cuir ceist ar Mhamaí faoi chóipeanna a fháil déanta.' Ansin, thiontaigh mé chuig Treasa agus dúirt mé go mbeadh an pictiúr de dhíth orm.

"Beidh tú cúramach leis?"

"Beidh, ar ndóigh." Rinne mé nóta i m'intinn lena chur in áit ard ar shiúl ó lámha Ghearr-ghairid.

Nuair a bhí muid críochnaithe le póstaer Threasa, arsa Úna, "Cad é faoi thraenáil cheart a dhéanamh don siúlatón?"

"Thiocfadh linn é a dhéanamh roimh an scoil, agus ansin ina dhiaidh thiocfadh linn dul amach ag cruinniú urraíochta," arsa Seosamh.

"Fan bomaite," arsa mise. "An bhfuil gach duine aontaithe faoin traenáil, ar dtús?"

Chlaon gach duine a cheann.

"Ceart go leor. 8.00am taobh amuigh de theach Sheosaimh. Agus bíodh gach duine in am. Ceart go leor?"

Arís, d'aontaigh gach duine.

"Agus, cad é faoi urraíocht a chruinniú i ndiaidh na scoile?"

D'aontaigh gach duine arís.

Bhí cineál imní orm. Chuala mé guth Mhamaí

i m'intinn ag tabhairt amach faoin obair bhaile. Ach níl neart air. Seo cúis mhaith agus tá a fhios aici é.

Ag an bhomaite sin, d'oscail an doras agus chuir Daidí a shoc thart. "An bhfuil ocras ar dhuine ar bith?"

I bhfaiteadh na súl bhí mo sheomra folamh seachas mise. Bhí mé ag scríobh nótaí go fóill. Nuair a bhí mé críochnaithe, d'amharc mé ar an liosta. Ar a laghad bhí seans níos fearr againn iarracht mhaith a dhéanamh leis an siúlatón. Bhí seans againn na múrtha airgid a bhailiú do na páistí sa tuile. Agus b'fhéidir go mbeadh dóigh níos fearr orthu fiú ná mar a bhí orthu roimh an tuile. Bheadh sé sin ar dóigh.

Caibidil 9

Faoi mhaidin Dé Sathairn bhí go leor rudaí i ndiaidh tarlú. Bhí mé i mo luí ar an leaba ag smaoineamh orthu. Cuid acu go maith, cuid acu go holc.

1. Chuir an t-ollmhargadh póstaeir in airde faoi Shiúlatón Sábháil-na-Páistí. Gach áit. Cinn mhóra dhaite. Cuma iontach orthu! A+

2. Bhí scéal mór sa nuachtán áitiúil faoin Siúlatón agus faoin dóigh a raibh an t-ollmhargadh ag tabhairt dhá ríomhaire glúine. Agus grianghraf den Phríomhoide ag míniú an scéil. Bhí aoibh an gháire uirthi agus bhí a lámha thart ar ghuaillí an chailín nach mbeadh ag siúl de thairbhe gur bhris sí a cos. A+ don Phríomhoide. B- don chailín a bhris a cos.

3. Dúirt Mamaí go dtiocfadh liom a oiread cóipeanna de phictiúr Threasa a dhéanamh agus ba mhaith liom ar an ghléas fótachóipeála ag an obair. Dúirt sí go n-íocfadh sí astu mar chuidiú don tionscadal. Chomh maith leis sin, dúirt sí le Treasa go raibh tallann iontach aici agus d'iarr sí uirthi múrphictiúr a dhéanamh ar cheann de

bhallaí an ollmhargaidh. Bhí Treasa sna flaithis. A+ do Mhamaí.

4. Chríochnaigh Seosamh a bhróga spóirt speisialta (seanphéire bróg le spriongaí orthu). Ach theip glan orthu. I ndiaidh dó iad a chur air, thug sé léim bheag lena chosa a thosú ach ní raibh sé ábalta stopadh. Ansin, bóing! bóing! Síos an tsráid leis mar a bheadh frog ann. Níor stop sé go dtí gur bhuail sé balla ag an bhun. Níor chuidigh sé leis an traenáil. Bhí muid uilig ag gáire. A+++ go cinnte.

5. Chuir Úna facs chuig Brunella Lala, an bhean san Airgintín a raibh monarcha éisc aici. Ach dúirt a rúnaí go raibh sí ar saoire agus nach raibh a fhios aici cá raibh sí. Mura dtagann sí ar ais go luath sin deireadh leis an urraitheoir iontach a bhí ag Úna. B-

6. Dúirt Mamaí go raibh an t-ollmhargadh ag smaoineamh ar bhrainse nua a oscailt i mBun na Finne agus go raibh siad ag iarraidh uirthi bheith ina bainisteoir ann. Dúirt sí nach raibh rud ar bith cinnte go fóill, ach má théann siad ar aghaidh go nglacfaidh sí leis an phost. F

7. Fuair Gearr-ghairid fiacail nua agus bhain sí plaic as méar Dhaidí, beagnach. A+ do Ghearr-ghairid. D- do mhéar Dhaidí.

8. Bhí an clár traenála ag dul ar aghaidh go

maith. Bíonn Treasa i gcónaí mall agus siúlann sí go fadálach. Bhí muid ag iarraidh uirthi deifir a dhéanamh ach aird ní thugann sí. B-

9. Go dtí seo, bhí seasca a hocht n-urraitheoir ag an cheathrar againn. Chuidigh póstaer Threasa cuid mhaith. Fuair mise cúigear déag, Úna seachtar déag, agus ceann déag ag Seosamh. Tá cúigear is fiche ag Treasa. A++

10. Scairt Máire Dé hAoine lena rá nach mbeadh sí ag teacht ag an deireadh seachtaine. Bhain a fear duais – laethanta saoire cois trá agus bheadh siad ag dul ann ina áit. Drochscéal a bhí ann nó bhí mé ag dul a iarraidh ar Mháire urraíocht a fháil ó na hoibrithe foraoise. C-

I ndiaidh dom smaoineamh ar na rudaí seo uilig, luigh mé siar sa leaba ag amharc ar an tsíleáil. Dá dtiocfadh linn 7C a bhualadh agus na múrtha airgid a bhailiú. Agus má bhogaimid go Bun na Finne agus má fhágaimid an Baile Bán, ar a laghad chuidigh mé lenár rang 7C a bhualadh. B'fhéidir go mbeadh muid i leabhair staire na scoile. Bhí mé ag smaoineamh a oiread sin ar m'aisling nár mhothaigh mé an doras ag oscailt. Ansin, chonaic mé Seosamh ina sheasamh ag taobh na leapa.

Léim mé i mo shuí. "Cad é atá ag tarlú?" a d'fhiafraigh mé.

Lig sé osna. "Tá sé thart," ar sé, agus a aghaidh níos faide ná an lá samhraidh is faide dá raibh riamh ann.

"Cad é atá thart?"

"Níl cead agam rud ar bith nua a dhéanamh choíche arís."

"Ó? Cad chuige?"

"Ní ormsa a bhí an locht. Ní orm, dáiríre," ar sé, ag amharc go gruama ar an urlár.

"Inis an scéal dom."

Lig sé osna mhór amach. "Bhuel … bhris mé an teilifís."

"An teilifís!"

"Is ea. Mar gheall ar an tsiúlóid amaideach sin," arsa Seosamh. "Bhí mé i ndiaidh na bróga spóirt a dheisiú leis na spriongaí. Ghlac sé tamall fada orm, ach d'oibrigh siad go hiontach maith." Stop sé soicind. "Bhí mé ag baint triail astu sa seomra suí. Bhí gach rud i gceart go dtí gur scairt Mamaí gur chóir dom a dhéanamh taobh amuigh. Sin nuair a tharla sé." Stop sé arís.

"Agus …"

"Thit mo chos ar scátaí rollála Chiara. An chéad rud eile, bhí mé ag eitilt suas san aer. Ansin PÚM! Bhuail mé in éadan na teilifíse. Sin é."

"Cad é a dúirt d'athair?"

Chuir Seosamh cár air féin. "Níl a fhios aige. Tá sé ag obair go fóill."

Ní fhaca mé Seosamh arís an chuid eile den lá. Ach thug mé Gearr-ghairid amach ar siúlóid agus ar an bhealach, le bualadh le hÚna agus le Treasa, chonaic mé nóta greamaithe ar a fhuinneog, scríofa i litreacha móra:

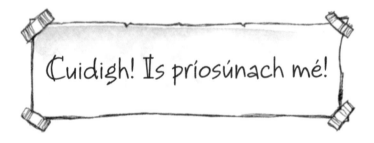

Cuidigh! Is príosúnach mé!

Bhí mearbhall orm ar feadh soicind. Ansin, bhuail mé le hÚna agus Treasa le hinsint dóibh faoi Sheosamh. Bhí siad ina suí faoin ghrian i ngairdín Mhamó Úna.

"Cad é faoi é a tharrtháil?" arsa Úna, agus í corraithe leis an smaoineamh.

"Seans ar bith," arsa mise. "Tá a fhios agat a mháthair. Dhéanfadh sé rudaí níos measa."

D'ardaigh Úna a guaillí. "Ceart go leor. Má deir tú é." Chuaigh sí a fhad le Gearr-ghairid. "Ba bhreá liom deirfiúr bheag a bheith agamsa."

"Thiocfadh liom pictiúr de Ghearóidín a dhéanamh duit," arsa Treasa, agus faitíos ar a guth. "Más maith leat."

Chlaon Úna a ceann. "Bheadh sé sin ar dóigh. Ansin, thiocfadh liom é a thabhairt liom nuair a …" Stop sí i lár abairte.

Bhí an fhuil fuar i mo chuislí. An raibh Úna le bogadh chomh luath seo? Ní raibh sí ar an Bhaile Bhán ach seachtain. Ach bhí rud taobh istigh díom a d'aithin gurbh é seo an fhírinne. "Ach cad é faoin siúlatón?" arsa mise, agus fearg ag teacht orm. "Níl sé cothrom. Nach dtig le do thuismitheoirí tú a fhágáil san áit amháin uair amháin?"

"Ná bí amaideach, a Mháirtín. Níl sí ar shiúl go fóill," a mhínigh Treasa. "Tá sí ag rá lá amháin. Nach bhfuil sé sin ceart, a Úna?"

"Níl. Tá an ceart ag Máirtín."

Leis sin lig Treasa gíog díomá amach.

"Chuir m'athair scairt orm aréir." Stán Úna ar an talamh ar feadh bomaite agus ansin tháinig aoibh an gháire uirthi. "Níl sé chomh holc sin.

Ach cronóidh mé sibhse. Seo an áit is fearr dá raibh mé riamh."

"Tá sé go holc cinnte," arsa mise léi. Ba chuma liom an rud a shíl sí fúm. Ní bheidh rudaí mar a bhí gan Úna.

"Ar a laghad an iarraidh seo," a lean Úna, "beidh mise agus mo thuismitheoirí le chéile. Dúirt Daidí go raibh Mamaí tinn. Táimid ag dul ar saoire. Samhlaigh é. Mí iomlán ar Ródas."

"Cá háit?" a d'fhiafraigh Treasa.

"Oileán in aice leis an Ghréig."

"Cad é faoin siúlatón?" arsa mise go borb.

Chroith Úna a ceann. "Mo leithscéal, a Mháirtín. Rinne mé iarracht é a mhíniú do Dhaidí ach dúirt sé go raibh an eitilt curtha in áirithe aige don Aoine seo."

Bhí muid dubh dóite an tráthnóna ar fad. Chuaigh muid ar shiúlóid traenála, ach níor mhothaigh sé i gceart agus fios againn nach mbeadh Úna ag déanamh an tsiúlatóin linn.

Ar mo bhealach abhaile, smaoinigh mé ar Sheosamh. Déarfadh cara maith leis go raibh Úna ag imeacht. Agus déarfadh cara maith leis go raibh seans ann go raibh a chara is mó ag imeacht le dul a chónaí i mBun na Finne. Agus mé ag dul thar fhuinneog Sheosaimh, chonaic mé fógra eile:

Meancóg mhór atá ann!
Tá mé neamhchiontach!

Ag amharc air sin, ghlac mé leis go raibh a chuid fadhbanna féin ag Seosamh. Déarfaidh mé leis faoi Úna níos moille, nuair a bheidh rudaí sórtáilte. Agus i bhfad i bhfad níos moille, déarfainn leis faoin ollmhargadh nua a bhí le hoscailt i mBun na Finne.

Caibidil 10

TÁ AN SIÚLATÓN THART SA DEIREADH! An Domhnach a bhí ann, an lá i ndiaidh an tsiúlatóin mhóir. Bhí pian i ngach cnámh agam. Ní raibh mé ag dul a éirí go dtí am lóin. Bhí mé i mo luí ag smaoineamh ar na rudaí a thit amach an tseachtain roimhe.

An chéad rud nár bhris Seosamh an teilifís. Nuair a tháinig a athair ar ais ón obair bhí sé ábalta cúpla sreang a bhogadh thart agus bhí Seosamh saor. Ach bhí air gealltanas a thabhairt go ndéanfadh sé a chuid aireagán taobh amuigh as seo amach.

"Taobh amuigh," ar sé. "Ní dóigh liom go raibh ar an duine a cheap an teilifís í a cheapadh taobh amuigh. Cad é a dhéanfainn dá mbeadh sé ag cur?"

"Thiocfadh leat rud a cheapadh leis an fhearthainn a stopadh," arsa mise agus aoibh an gháire orm.

Stán Seosamh orm. "Beidh sibh buartha nuair a bheidh mé saibhir agus clúiteach."

Nuair a dúirt mé leis faoi Úna ní dúirt sé mórán ach chlaon sé a cheann.

Ba dhrochlá í an Aoine. Ba bheag nár fháisc an Múinteoir an t-anam beo as Úna agus í ag fágáil slán léi. Thug an rang cárta mór di lenár n-ainmneacha uilig air. Thug Treasa pictiúr de Ghearr-ghairid di. Thug mise peann luaidhe di le túslitreacha a hainm air. Agus Seosamh, bhuel, thug seisean an scriostóir cannaí di! Nuair a d'oscail Úna na bronntanais uilig d'amharc sí thart ar an rang. "Go raibh míle maith agaibh," ar sí, agus tocht ar a guth. Thug muid bualadh bos di. Ag an bhomaite sin tháinig rud éigin isteach i mo shúile agus tháinig uisce amach astu. I bhfaiteadh na súl bhí Úna ar shiúl.

An siúlatón an chéad rud eile a tharla. Lá iontach te a bhí ann. Thug Seosamh gach rud faoin spéir leis: tóirse (ar eagla go mbeadh sé ag siúl go fóill agus é dorcha), compás, píosa sreinge, airgead agus leabhar.

Leabhar! Níor chuir mé ceist. Ina áit dúirt mé, "Cá bhfuil do lón?"

Chuir Seosamh cár ar a aghaidh. D'fhág sé a mhála ar leac an dorais, agus ar shiúl leis abhaile.

Bhí spéaclaí gréine gránna ar Threasa agus hata gréine a máthar (ní raibh cead aici imeacht gan é), agus a leabhar líníochta agus pinn luaidhe ina lámh. Shílfeá go raibh sí ag dul ar phicnic.

Bhí muid ag cur allais leis an teas fiú sular thosaigh muid ar chosán Chnoc na Giúise.

Ba mhaith an rud go raibh go leor uisce agus sú ar fáil anseo is ansiúd sa tsiúlóid. Mamaí a d'eagraigh sin. Bhí sé róthe do go leor páistí agus b'éigean dóibh stopadh, ach ní raibh mise ná Seosamh ag dul a stopadh. Shocraigh Treasa siúl léi féin agus pictiúir a dhéanamh den rud ar fad sa dóigh go dtiocfadh léi iad a chur chuig Úna. Bhí mise ag smaoineamh ar an rud a dúirt Úna linn. "Dírigh d'intinn ar rud amháin agus ní thabharfaidh tú na pianta faoi deara." Dúirt sí gurb é sin an rud a dhéanann sí sna comórtais gleacaíochta. Mar sin de, an bealach uilig suas an cnoc agus an bealach uilig anuas níor smaoinigh mé ach ar an dá ríomhaire glúine. Agus, an t-am ar fad, bhí Seosamh taobh liom.

Agus ar bhain muid? Ba mhaith liom a rá gur bhain. Ach ní raibh a fhios againn ar an lá. Bhí an Múinteoir a oiread sin trína chéile le páistí nár chríochnaigh agus ranganna ag tosú ag amanna éagsúla go ndúirt sí nach mbeadh na torthaí ann go dtí an Luan.

Tá seans againn go fóill, mar sin de.

Thit tost nuair a sheas an Múinteoir ag tionól na maidine Dé Luain. Bhí píosa páipéir tábhachtach ina lámh aici.

"An chéad rud ba mhaith liom a rá go bhfuilimid bródúil as gach duine ..."

Inis dúinn cé a bhain!

"... agus i ndiaidh dom cuntas a dhéanamh ar an urraíocht, is léir go ndearna sibh uilig iarracht mhór."

CÉ A BHAIN? a scairt guth i m'intinn.

"Bhailigh Siúlatón Sábháil-na-Páistí trí oiread airgid agus a raibh muid ag dréim leis," a d'fhógair an Múinteoir, agus aoibh an gháire uirthi.

Nuair a chuala muid sin chuaigh muid ar mire glan. Bhí muid ag scairteadh agus ag tabhairt bualadh bos. Agus sin mar a bhí na múinteoirí chomh maith!

Ansin, d'ardaigh an Múinteoir a lámh. Nuair a thit tost arís, dúirt sí, "Sula dtugaim an chuid eile de na torthaí, caithfidh mé a rá gur tháinig moll mór airgid ó dhuine san Airgintín. Cibé daoine a d'eagraigh sin ba mhaith liom ár mbuíochas a ghabháil leo."

Úna! Caithfidh go ndeachaigh Brunella Lala i dteagmháil léi. Ar dóigh!

D'amharc an Múinteoir ar Sheosamh, ar

Threasa agus ormsa agus chlaon sí a ceann. Is dócha go bhfuil a fhios aici. Lean sí, "Anois an rud a bhfuil sibh uilig ag fanacht leis."

Caithfidh gur bhain muid na ríomhairí glúine. Go háirithe leis an airgead ó Brunella!

"Téann na ríomhairí glúine chuig 5B a bhailigh an méid is mó airgid."

Cad é? Níl iontu ach páistí beaga. Chas mé ar Sheosamh, ach bhí seisean ag amharc ar an urlár. Mhothaigh mé lag, gan anáil. Ar a laghad níor bhain 7C.

Nuair a stop an bualadh bos lean an Múinteoir. "Téann an Gradam don bheirt a shiúil an cosán san am is gasta chuig Brídín Ní Eara agus Barra Mac Giolla ó 7C."

Cad é?

"Agus mar gheall ar an iarracht iontach a rinne siad, is orthu a bheidh an onóir an seic a bhronnadh ar uachtarán 'Sábháil-na-Páistí'."

"A leithéid de dhuais," arsa Seosamh liom agus é ag gáire.

Agus rinne mise gáire, chomh maith.

"Agus, sa deireadh, tagaimid chuig an duais don rang a rinne an iarracht is mó, an rang a bheidh ag dul ar cuairt cois farraige." D'amharc an Múinteoir inár dtreo arís.

Agus bhí an ceart agam! Tá sé seo níos

fearr ná an seic a bhronnadh. Anois, níl a fhios agam an mbeidh siad ag tabhairt uachtar reoite dúinn.

Níos moille an tseachtain sin, dúirt Mamaí gur athraigh an t-ollmhargadh a n-intinn faoi shiopa nua i mBun na Finne. Ina áit cuirfidh siad leis an cheann atá acu agus díolfaidh siad éadaí agus earraí leictreacha. Beidh Mamaí ina bainisteoir ar an chuid nua seo. Cheana féin, tá sí ag smaoineamh ar dhóigheanna a dtiocfadh léi cuidiú lena cúis nua. Agus cúis aisteach atá ann.

Chuir sí spéis ann nuair a chonaic sí clár teilifíse faoi na héisc ag fáil bháis mar gheall ar thruailliú.

"Fiúúú. Bhí an t-ádh orainn ansin, nach raibh a Mháirtín?" arsa Daidí.

Chlaon mé mo cheann. Agus ní bheidh a fhios ag Seosamh go raibh muid ar tí imeacht.

Stop Gearr-ghairid de bheith ag bualadh

pota agus thosaigh sí a bhualadh bos. Shílfeá gur thuig sí.

Agus tharla trí rud mhaithe nuair a d'athraigh an t-ollmhargadh a n-intinn.

Tá 5B ag roinnt na ríomhairí glúine. Tá seal againn an tseachtain seo chugainn. Ní thig liom fanacht.

Nuair a chuaigh muid cois farraige bhí sé ar dóigh. Agus fuair muid go leor uachtair reoite saor in aisce. Ar an bhealach abhaile d'iarr mé ar Sheosamh dul suas Cnoc na Giúise ach ní raibh fonn air.

Ach an scéal is fearr, bhí sé ar an fhacs a thug Mamaí abhaile. Ó Úna a tháinig sé.

A chairde,

Fan go gcluine sibh seo! Tá mo mháthair ag iompar! Ní raibh sí tinn ar chor ar bith.

Tá sí ag éirí as an obair. Níl mé cinnte cá háit a mbeimid inár gcónaí. B'fhéidir go luafainn an Baile Bán leo!

Cad é mar a bhí an siúlatón?

Scríobh ar ais agus inis dom faoi gach rud a tharla.

SEO ORDÚ. ♡

Úna

Agus sin an rud a rinne muid.

Focal ón Údar

Rinne mise siúlatón uair amháin. Bhí sé do m'iníon agus a rang. Mise duine de na máithreacha a chuidigh. Is breá liom siúlóidí agus bhí lá iontach agam. Agus coinníonn sé aclaí thú.

Bhí an cosán ar an chosán is crochta agus is casta ar shiúil mé riamh air. Agus bhí teas bocht ann. Thosaigh mé amach go maith ach faoi am lóin bhí mo chosa ar crith agus bhí pian i mo dhroim.

Faoin tráthnóna bhí mé ar gcúl an oiread sin gur tháinig roinnt páistí ar ais faoi mo choinne. Bhí pian i mo chosa ar feadh seachtaine ina dhiaidh. Fuair mé amach go bhfuil sé tábhachtach traenáil a dhéanamh roimh ré.

Ach bhailigh muid go leor airgid agus b'fhiú é.

Elizabeth Pulford

Focal ón Mhaisitheoir

Tá súil agam gur bhain tú sult as *Siúil Leat*! Thaitin an scéal go mór liom agus chuaigh mé siar ar bhóithrín na smaointe go dtí laethanta m'óige ar scoil.

Cosúil le hÚna bhog mo theaghlach thart go minic. Bhí na cairde a rinne mé taobh istigh de na chéad deich lá iontach tábhachtach dom. Siúlóidí urraithe, drámaí agus imeachtaí eile mar sin ba dhóigheanna iontach maith iad bualadh le daoine nua.

Ach an rud is mó a chuir *Siúil Leat* i gcuimhne dom go raibh spraoi ar scoil (cé nár shíl mé sin ag an am)!

John Bennett

© Téacs le **Elizabeth Pulford**
© Léaráidi le **John Bennett**
Jennifer Waters a rinne an eagarthóireacht sa bhunleagan
Karen Baxa Hoglund a dhear

© 1999 Shortland Publications
Ní ceadmhach aon chuid den fhoilseachán seo a atáirgeadh
ná a tharchur ar aon mhodh ná slí, leictreonach ná meicniúil,
fótachóipeáil, taifeadadh ná córas stórála agus athfhála eolais san
áireamh, gan cead scríofa a fháil roimh ré ón fhoilsitheoir.

An leagan Gaeilge: 2010
An tÁisaonad, Coláiste Ollscoile Naomh Muire, 191 Bóthar na
bhFál, Béal Feirste BT12 6FE
© An tÁisaonad
Foireann an tionscadail: Pól Mac Fheilimidh, Jacqueline de Brún,
Ciarán Ó Pronntaigh.
Seán Fennell, Máire Nic Giolla Cheara, Risteard Mac Daibhéid,
Andrea Nic Uiginn, Stiofán de Bhailís, Aingeal Ní Shabhaois agus
Julie Ní Ghallchóir.

Arna fhoilsiú ag McGraw-Hill
Arna chlóbhualadh ag Colorcraft
ISBN: 978-0-077120-61-0